現代中國文學的課題

—徐訏文集—

評論卷

導言　徬徨覺醒：徐訏的文學道路

陳智德

「個人的苦悶不安，徬徨無依之感，正如在大海狂濤中的小舟。」[1]

——徐訏〈新個性主義文藝與大眾文藝〉

在二十世紀四、五十年代之交，度過戰亂，再處身國共內戰意識形態對立夾縫之間的作家，應自覺到一個時代的轉折在等候著，尤其在當時主流的左翼文壇以外，被視為「自由主義作家」或「小資產階級作家」的一群，包括沈從文、蕭乾、梁實秋、張愛玲、徐訏等等，一整代人在政治旋渦以至個人處境的去與留之間徘徊，最終作出各種自願或不由自主的抉擇。

1　徐訏〈新個性主義文藝與大眾文藝〉，收錄於《現代中國文學過眼錄》，台北：時報文化，一九九一。

一

一九四六年八月，徐訏結束接近兩年間《掃蕩報》駐美特派員的工作，從美國返回中國，直至一九五〇年中離開上海奔赴香港，在這接近四年的歲月中，他雖然沒有寫出像《鬼戀》和《風蕭蕭》這樣轟動一時的作品，卻是他整理和再版個人著作的豐收期，他首先把《風蕭蕭》交給由劉以鬯及其兄長新近創辦起來的懷正文化社出版，據劉以鬯回憶，該書出版後，「相當暢銷，不足一年，（從一九四六年十月一日到一九四七年九月一日），印了三版」[2]，其後再由懷正文化社或夜窗書屋初版或再版了《阿剌伯海的女神》（一九四六年初版）、《烟圈》（一九四六年初版）、《蛇衣集》（一九四八年初版）、《幻覺》（一九四八年初版）、《四十詩綜》（一九四八年初版）、《兄弟》（一九四七年再版）、《母親的肖像》（一九四七年再版）、《生與死》（一九四七年再版）、《春韮集》（一九四七年再版）、《一家》（一九四七年再版）、《海外的鱗爪》（一九四七年再版）、《舊神》（一九四七年再版）、《成人的童話》（一九四七年再版）、《西流集》（一九四七年再版）、潮來的時候（一九四八年再版）、《黃浦江頭的夜月》（一九

[2] 劉以鬯〈憶徐訏〉，收錄於《徐訏紀念文集》，香港：香港浸會學院中國語文學會，一九八一。

四八年再版）、《吉布賽的誘惑》（一九四九再版）、《婚事》（一九四九年再版），[3]粗略統計從一九四六年至一九四九年這三年間，徐訏在上海出版和再版的著作達三十多種，成果可算豐盛。

《風蕭蕭》早於一九四三年在重慶《掃蕩報》連載時已深受讀者歡迎，一九四六年首次結集成單行本出版，沈寂的回憶提及當時讀者對這書的期待：「這部長篇在內地早已是暢銷一時的名著，可是淪陷區的讀者還是難得一見，也是早已企盼的文學作品」[4]，當劉以鬯及其兄長創辦懷正文化社，就以《風蕭蕭》為首部出版物，十分重視這書，該社創辦時發給同業的信上，即頗為詳細地介紹《風蕭蕭》，作為重點出版物。徐訏有一段時期寄住在懷正文化社的宿舍，與社內職員及其他作家過從甚密，直至一九四八年間，國共內戰愈轉劇烈，幣值急跌，金融陷於崩潰，不單懷正文化社結束業務，其他出版社也無法生存，徐訏這階段整理和再版個人著作的工作，無法避免遭遇現實上的挫折。

然而更內在的打擊是一九四八至四九年間，主流左翼文論對被視為「自由主義作家」或「小資產階級作家」的批判，一九四八年三月，郭沫若在香港出版的《大眾文藝叢刊》

3 以上各書之初版及再版年份資料是據賈植芳、俞元桂主編《中國現代文學總書目》、北京圖書館編《民國時期總書目，一九一一—一九四九》。

4 沈寂〈百年人生風雨路——記徐訏〉，收錄於《徐訏先生誕辰100週年紀念文選》，上海：上海社會科學院出版社，二〇〇八。

第一輯發表〈斥反動文藝〉，把他心目中的「反動作家」分為「紅黃藍白黑」五種逐一批判，點名批評了沈從文、蕭乾和朱光潛。該刊同期另有邵荃麟〈對於當前文藝運動的意見——檢討．批判．和今後的方向〉一文重申對知識份子更嚴厲的要求，包括「思想改造」。雖然徐訏不像沈從文般受到即時的打擊，但也逐漸意識到主流文壇已難以容納他，如沈寂所言：「自後，上海一些左傾的報紙開始對他批評。他無動於衷，直至解放，輿論對他公開指責。稱《風蕭蕭》歌頌特務。他也不辯論，知道自己不可能再在上海逗留，上海也不會再允許他曾從事一輩子的寫作，就捨別妻女，離開上海到香港。」[5] 一九四九年五月二十七日，解放軍攻克上海，中共成立新的上海市人民政府，徐訏仍留在上海，差不多一年後，終於不得不結束這階段的工作，在不自願的情況下離開，從此一去不返。

二

一九五〇年的五、六月間，徐訏離開上海來到香港。由於內地政局的變化，其時香港聚集了大批從內地到港的作家，他們最初都以香港為暫居地，但隨著兩岸局勢進一步變

5 沈寂〈百年人生風雨路——記徐訏〉，收錄於《徐訏先生誕辰100週年紀念文選》，上海：上海社會科學院出版社，二〇〇八。

化，他們大部份最終定居香港。另一方面，美蘇兩大陣營冷戰局勢下的意識形態對壘，造就五十年代香港文化刊物興盛的局面，內地作家亦得以繼續在香港發表作品。徐訏的寫作以小說和新詩為主，來港後亦寫作了大量雜文和文藝評論，五十年代中期，他以「東方既白」為筆名，在香港《祖國月刊》及台灣《自由中國》等雜誌發表〈從毛澤東的沁園春說起〉、〈新個性主義文藝與大眾文藝〉、〈在陰黯矛盾中演變的大陸文藝〉等評論文章，部份收錄於《在文藝思想與文化政策中》、《回到個人主義與自由主義》及《現代中國文學過眼錄》等書中。

徐訏在這系列文章中，回顧也提出左翼文論的不足，特別對左翼文論的「黨性」提出質疑，也不同意左翼文論要求知識份子作思想改造。這系列文章在某程度上，可說回應了一九四八、四九年間中國大陸左翼文論的泛政治化觀點，更重要的，是徐訏在多篇文章中，以自由主義文藝的觀念為基礎，提出「新個性主義文藝」作為他所期許的文學理念，他說：「新個性主義文藝必須在文藝絕對自由中提倡，要作家看重自己的工作，對自己的人格尊嚴有覺醒而不願為任何力量做奴隸的意識中生長。」[6]徐訏文藝生命的本質是小說家、詩人，理論鋪陳本不是他強項，然而經歷時代的洗禮，他也竭力整理各種思想，最終

[6] 徐訏〈新個性主義文藝與大眾文藝〉，收錄於《現代中國文學過眼錄》，台北：時報文化，一九九一。

仍見頗為完整而具體地，提出獨立的文學理念，尤其把這系列文章放諸冷戰時期左右翼意識形態對立、作家的獨立尊嚴飽受侵蝕的時代，更見徐訏提出的「新個性主義文藝」所倡導的獨立、自主和覺醒的可貴，以及其得來不易。

《現代中國文學過眼錄》一書除了選錄五十年代中期發表的文藝評論，包括《在文藝思想與文化政策中》和《回到個人主義與自由主義》二書中的文章，也收錄一輯相信是他七十年代寫成的回顧五四運動以來新文學發展的文章，集中在思想方面提出討論，題為「現代中國文學的課題」，多篇文章的論述重心，正如王宏志所論，是「否定政治對文學的干預」[7]，而當中表面上是「非政治」的文學史論述，「實質上具備了非常重大的政治意義：它們否定了大陸的文學史論述」[8]，徐訏所針對的是五十年代至文革期間中國大陸所出版的文學史當中的泛政治論述，動輒以「反動」、「唯心」、「毒草」、「逆流」等字眼來形容不符合政治要求的作家；所以王宏志最後提出《現代中國文學過眼錄》一書的「非政治論述」，實際上「包括了多麼強烈的政治含義」。這政治含義，其實也就是徐訏對時代主潮的回應，以「新個性主義文藝」所倡導的獨立、自主和覺醒，抗衡時代主潮對

[7] 王宏志〈心造的幻影——談徐訏的《現代中國文學的課題》〉，收錄於《歷史的偶然：從香港看中國現代文學史》，香港：牛津大學出版社，一九九七。

[8] 同前註。

作家的矮化和宰制。

《現代中國文學過眼錄》一書顯出徐訏獨立的知識份子品格，然而正由於徐訏對政治和文藝的清醒，使他不願附和於任何潮流和風尚，難免於孤寂苦悶，亦使我們從另一角度了解徐訏文學作品中常常流露的落寞之情，並不僅是一種文人性質的愁思，而更由於他的清醒和拒絕附和。一九五七年，徐訏在香港《祖國月刊》發表〈自由主義與文藝的自由〉一文，除了文藝評論上的觀點，文中亦表達了一點個人感受：「個人的苦悶不安，徬徨無依之感，正如在大海狂濤中的小舟。」[9] 放諸五十年代的文化環境而觀，這不單是一種「個人的苦悶」，更是五十年代一輩南來香港者的集體處境，一種時代的苦悶。

三

徐訏到香港後繼續創作，從五十至七十年代末，他在香港的《星島日報》、《星島週報》、《祖國月刊》、《今日世界》、《文藝新潮》、《熱風》、《筆端》、《七藝》、《新生晚報》、《明報月刊》等刊物發表大量作品，包括新詩、小說、散文隨筆和評論，並先後結集為單行本，著者如《江湖行》、《盲戀》、《時與光》、《悲慘的世紀》等。

[9] 徐訏〈自由主義與文藝的自由〉，收錄於《個人的覺醒與民主自由》，台北：傳記文學出版社，一九七九。

香港時期的徐訏也有多部小說改編為電影，包括《風蕭蕭》（屠光啟導演、編劇，香港：邵氏公司，一九五四）、《傳統》（唐煌導演、徐訏編劇，香港：亞洲影業有限公司，一九五五）、《痴心井》（唐煌導演、王植波編劇，香港：邵氏公司，一九五五）、《鬼戀》（屠光啟導演、編劇，香港：麗都影片公司，一九五六）、《盲戀》（易文導演、徐訏編劇，香港：新華影業公司，一九五六）、《後門》（李翰祥導演、王月汀編劇，香港：邵氏公司，一九六〇）、《江湖行》（張曾澤導演、倪匡編劇，香港：邵氏公司，一九七三）、《人約黃昏》（改編自《鬼戀》，陳逸飛導演、王仲儒編劇，香港：思遠影業公司，一九九六）等。

徐訏早期作品富浪漫傳奇色彩，善於刻劃人物心理，如〈鬼戀〉、〈吉布賽的誘惑〉、〈精神病患者的悲歌〉等，五十年代以後的香港時期作品，部份延續上海時期風格，如《江湖行》、《後門》、《盲戀》，貫徹他早年的風格，另一部份作品則表達歷經離散的南來者的鄉愁和文化差異，如小說《過客》、詩集《時間的去處》和《原野的呼聲》等。

從徐訏香港時期的作品不難讀出，徐訏的苦悶除了性格上的孤高，更在於內地文化特質的堅守，拒絕被「香港化」。在《鳥語》、《過客》和《癡心井》等小說的南來者角色眼中，香港不單是一塊異質的土地，也是一片理想的墓場、一切失意的觸媒。一九五〇年的《鳥語》以「失語」道出一個流落香港的上海文化人的「雙重失落」，而在《癡心井》的終末則提出香港作為上海的重像，形似卻已毫無意義。徐訏拒絕被「香港化」的心志更具體見於一九五八年的《過客》，自我關閉的王逸心以選擇性的「失語」保存他的上海性，一種不見容於當世的孤高，既使他與現實格格不入，卻是他保存自我不失的唯一途徑。[10]

徐訏寫於一九五三年的〈原野的理想〉一詩，寫青年時代對理想的追尋，以及五十年代從上海「流落」到香港後的理想幻滅之感：

多年來我各處漂泊，
唯願把血汗化為愛情，
遍灑在貧瘠的大地，
孕育出燦爛的生命。

但如今我流落在污穢的鬧市，

10 參陳智德《解體我城：香港文學1950-2005》，香港：花千樹出版有限公司，二〇〇九。

陽光裡飛揚著灰塵，
垃圾混合著純潔的泥土，
花不再鮮豔，草不再青。

海水裡漂浮著死屍，
山谷中蕩漾著酒肉的臭腥，
潺潺的溪流都是怨艾，
多少的鳥語也不帶歡欣。

茶座上是庸俗的笑語，
市上傳聞著漲落的黃金，
戲院裡都是低級的影片，
街頭擁擠著廉價的愛情。

此地已無原野的理想，
醉城裡我為何獨醒，

三更後萬家的燈火已滅，
何人在留意月兒的光明。

「原野的理想」代表過去在內地的文化價值，在作者如今流落的「污穢的鬧市」中完全落空，面對的不單是現實上的困局，更是觀念上的困局。這首詩不單純是一種個人抒情，更哀悼一代人的理想失落，筆調沉重。〈原野的理想〉一詩寫於一九五三年，其時徐訏從上海到香港三年，由於上海和香港的文化差距，使他無法適應，但正如同時代大量從內地到香港的人一樣，他從暫居而最終定居香港，終生未再踏足家鄉。

四

司馬長風在《中國新文學史》中指徐訏的詩「與新月派極為接近」，並以此而得到司馬長風的正面評價，[11] 徐訏早年的詩歌，包括結集為《四十詩綜》的五部詩集，形式大多是四句一節，隔句押韻，一九五八年出版的《時間的去處》，收錄他移居香港後的詩作，形式上變化不大，仍然大多是四句一節，隔句押韻，大概延續新月派的格律化形式，使徐

[11] 司馬長風《中國新文學史（下卷）》，香港：昭明出版社，一九七八。

訏能與消逝的歲月多一分聯繫，該形式與他所懷念的故鄉，同樣作為記憶的一部份，而不忍割捨。

在形式以外，《時間的去處》更可觀的，是詩集中〈原野的理想〉、〈記憶裡的過去〉、〈時間的去處〉等詩流露對香港的厭倦、對理想的幻滅、對時局的憤怒，很能代表五十年代一輩南來者的心境，當中的關鍵在於徐訏寫出時空錯置的矛盾。對現實疏離，形同放棄，皆因被投放於錯誤的時空，卻造就出《時間的去處》這樣近乎形而上地談論著厭倦和幻滅的詩集。

六七十年代以後，徐訏的詩歌形式部份仍舊，卻有更多轉用自由詩的形式，不再四句一節，隔句押韻，這是否表示他從懷鄉的情結走出？相比他早年作品，徐訏六七十年代以後的詩作更精細地表現哲思，如《原野的理想》中的〈久坐〉、〈等待〉和〈觀望中的迷失〉、〈變幻中的蛻變〉等詩，嘗試思考超越的課題，亦由此引向詩歌本身所造就的超越。另一種哲思，則思考社會和時局的幻變，《原野的理想》中的〈小島〉、〈擁擠著的群像〉以及一九七九年以「任子楚」為筆名發表的〈無題的問句〉，時而抽離、時而質問，以至向自我的內在挖掘，尋求回應外在世界的方向，尋求時代的真象，因清醒而絕望，卻不放棄掙扎，最終引向的也是詩歌本身所造就的超越。

最後，我想再次引用徐訏在《現代中國文學過眼錄》中的一段：「新個性主義文藝必須在文藝絕對自由中提倡，要作家看重自己的工作，對自己的人格尊嚴有覺醒而不願為任何力量做奴隸的意識中生長。」[12]時代的轉折教徐訏身不由己地流離，歷經苦思、掙扎和持續的創作，最終以倡導獨立自主和覺醒的呼聲，回應也抗衡時代主潮對作家的矮化和宰制，可說從時代的轉折中尋回自主的位置，其所達致的超越，與〈變幻中的蛻變〉、〈小島〉、〈無題的問句〉等詩歌的高度同等。

＊陳智德：筆名陳滅，一九六九年香港出生，台灣東海大學中文系畢業，香港嶺南大學哲學碩士及博士，現任香港教育學院文學及文化學系助理教授，著有《解體我城：香港文學1950-2005》、《地文誌——追憶香港地方與文學》、《抗世詩話》以及詩集《市場，去死吧》、《低保真》等。

12 徐訏〈新個性主義文藝與大眾文藝〉，收錄於《現代中國文學過眼錄》，台北：時報文化，一九九一。

目次

現代中國文學的課題

關於新舊之爭的檢討

一

在晚清，作為老大帝國的中國，像是一隻紙老虎一樣，雖然已經很敝舊了，但還自以為是雄冠全球，可以鄙視夷邦的大國。第一次把它戳破的是一八四〇年的鴉片戰爭，以後經太平天國運動，中法戰爭以及一八九四年中日戰爭，義和團事變，這隻紙老虎就變成皮毛盡脫的小狗。中國的知識份子開始對自己文化失去自信，覺得應該向西洋學習。但先是只以為中國不如人家的是槍炮兵艦，派了年輕的留學生到外國，就是要他們學習這些東西。可是這些留學生到了外國，發現人家的文物制度，學術文化都有勝於中華者，這時候，覺得中國要改革的是各方面的改革，是根本的改革。可是有一部分人始終懷抱著中國精神文明之可貴，宣導「中學為體，西學為用」之說，這就與新興的年輕知識份子有一種代溝。

到了民國成立，中國新興的知識份子對於所謂舊文化鄙夷已極，他們所要求是新，當時所說的新都是西洋來的。他們看到中國舊文化是一種負擔，不揚棄舊文化，無法建立新文化。

代表這些新興的知識份子，要求創新棄舊的，我們大家都知道最初是《新青年》這一群人。

以陳獨秀為首的《新青年》同人，所反對的是什麼，可以用他在《新青年》六卷一號所發表的〈本志罪案之答辯書〉來看，他說：

……他們所非難本志的，無非是破壞孔教，破壞禮法，破壞國粹，破壞貞節，破壞舊倫理（忠孝節），破壞舊藝術（中國戲），破壞舊宗教（鬼神），破壞舊文學，破壞舊政治（特權人治）這幾條罪案。這幾條罪案，本社同人當然直認不諱，但是追本溯源，本志同人本來無罪，只因為擁護那德莫克拉西（Democracy）和賽因斯（Science）兩位先生，才犯了這幾條滔天大罪……

這裡我們清楚地看到他們對於所有舊的文化都要否定，目的是要請「民主」與「科學」兩位先生到中國來。民主與科學，當時是這群新的知識份子所認為唯一的可以救中國的藥方。這也就是說，自從鴉片戰爭——甲午戰爭把中國紙老虎戳穿以後，經過了辛亥革命，慢慢發現中國不如西洋的不光是「艦堅炮利」，不光是「物質文明」，而是屬於精神的「民主」與「科學」。

但是這群青年人，對「民主」與「科學」有什麼瞭解呢？陳獨秀接下去說：

要擁護那德先生，便不得不反對孔教、禮法、貞節、舊倫理、舊政治，要擁護那賽先生，便不得不反對舊藝術、舊宗教。

但是，為什麼一定要反對這些，才可以擁護德先生與賽先生？他沒有說。實際上這裡面有太多內容值得我們思索與推敲，絕不能如此籠統而一言概括。但那時這是一種革命，革命的精神是不允許我們過細分析與取捨的。

當新文化思想從西歐各國隨著武力和經濟的力量湧進我們中國之時，我們馬上發現我們精雅的文字無法表達這些內容。不但如此，我們也馬上發現，為求文字的精雅所費的精力是一種奢侈的浪費。

在一八九八年七月，有一位裘廷梁，寫過一篇文章，名為〈論白話為維新之本〉，作為《白話叢書》代序，有下面出色的話：

使古之為君者崇白話而廢文言，則吾黃人聰明才力無他途以奪之，必且另為有用之學，何至闇沒如斯矣。吾不知夫古人之創造文字，將以便天下之人乎？抑將以困天下之人乎？人之求通文字，將驅遣之為我用乎？抑將窮老盡氣，受役於文字以為文字之奴隸乎？……且夫文言之美，非真美也，漢以前書，曰群經，曰諸子，曰傳記，其為言也，必先有所以為言者存，今雖以白話代之，質幹具存，不損其美。漢後說理記事之書，去其膚淺，删其繁複，可存者百不一二。此外汗牛充棟，效顰以為工，學步以為巧，調朱傅粉以為妍，使以白話譯之，外美既去，陋質悉呈，好古之士，將駭然而走耳……故曰辭達而已矣，後人不明斯文，必取古人言語與今不肖者而摹仿之，於是文與言判然為二。一人之身而手口異國，實為二千年來文字一大厄。

這裡對於漢以後說理記事之書以為可存者百不一二，當然有些過分。不過他認為文章之美在於內容。文字只為表達內容美的工具一點，則正是要求文字解放的先聲。至於談到中國人聰明才力耗於咬文嚼字，而不為實學，是亦極有道理。

事實上，文學這東西，本是從民間而來，因為要表達所感所想，才有詩歌語言，要記錄這些所感所想才有文學。以後這些文字，到了文人、學士手裡，精益求精，以致形式越來越精雅完美，而內容則越來越空虛狹窄。而當時代移變生活變化，文學要容納新的生活內容（新思想，新觀念，新情感，新感覺）之時，這舊形式一定要破壞，而新形式就會產生。這種變化，大概不外三條路，第一，重新回到民間，尋求新的活潑的形式，第二是往外來的文化尋求新的、新款的形式，第三從古代的遺產中轉化出新的形式。我們在以前文學史中可以尋到不少的例子。譬如當駢文的形式無法適應新的社會變化中所起的生活內容時，韓愈的復古的散文運動就創造新的形式。在佛教的思想輸入以後，在譯經與宣揚教義過程中，有譯經的散文，與民間流行的傳教的變文形式。在宋詞走到極度精雅纖巧的形式時，元曲就從民間的語言中興起了新的形式。瞭解西洋的文藝復興的情形者，當也知道當時是一方面回歸希臘的自由，與民族民間語文的運用產生了燦爛的文藝形式。

在裘廷梁文章中，所謂「文字」之艱深，「困天下之人」之感慨。可以用晉維祇難與竺將炎譯法句經（曇鉢經）的序文中幾句話來證之：

將炎雖善天竺語，未備曉漢，共所傳言，或得梵語，或以善出，音近質直。僕初嫌其詞不雅，維祇難曰，佛言依其言，不用飾，取其法，不以嚴，其傳經者令易曉，勿丟厥義，是則為善。……

當時正是駢文流行之時，為譯經，只得用「不雅」的散文。因為駢文這個形式，實在無法容納佛教的理義，所以到了唐朝，散文就成為文學的主流。

民國以來，中國在急於輸入以及接受新思潮之時，要求擺脫艱難的文字之束縛原是必要的。裘廷梁的見解是再對也沒有，但自己似乎沒有在這方面發揮。從局促精緻的桐城古文解放出來而成為一種新文體，則是梁啟超。

梁啟超的文體，據他自己所說是：「……至是自解放，務為平易暢達。時雜以偶語、韻語及國語法，縱筆行至，不檢速，學者競效，號『新文體』……」。

梁啟超先後主編過《清議報》、《新民叢刊》、《新小說》、《政論》、《國風報》，影響最大的當然是《新民叢刊》。他的這種文體當時有人稱之謂「時務文體」。我們現在且引他一段文章在這裡：

……欲言國之老少，請先言人之老少。老年人常思既往，少年人常思將來。惟思既往也，故生留戀，惟思將來也，故生希望心。惟留戀也，故保守，惟希望也，故進取。惟保守也故永舊，惟進取也故日新。惟思既往也，事事皆其所以經者，故惟故照例；惟思將來也，事事皆其未經者，故常敢破格。老年人常多憂慮，少年人常好行樂。惟多憂也，故灰心。惟行樂也，故盛氣。惟灰心，故怯懦。惟盛氣也，故豪壯。惟怯懦也，故苟且。惟豪壯也，故冒險。惟苟且也，故能滅世界。惟冒險也，故能造世界。老年人常厭事，少年人常喜事。唯厭事也，故常覺一切事無可為者，惟好事也，故常覺一切事無不可為者。老年人如夕照，少年人如朝陽。老年人如瘠牛，少年人如乳虎。老年人如僧，少年人如俠。老年人如字典，少年人如戲文。老年人如鴉片煙，少年人如白蘭地酒。老年人如行星之隕石，少年人如大洋之珊瑚島。老年人如埃及沙漠之金字塔，少年人如西伯利亞之鐵路。老年人如秋後之柳，少年人如春前之草。老年人如死海之瀦為澤，少年人如長江之初發源。此老年與少年性格不同之大略也。任公曰：「人固有之，國亦其然。」

這種文體，平易汪洋。其最大的優點，就是可以自由摻雜新名詞新概念。嚴復曾經用精奧的古文翻譯英國的名學社會科學等名著，為力求古雅，必須以過去文言文雅僻辭彙去譯新的概念。於是這些新的概念變成意義混淆不清難辨，難解難認。這也正如想把佛經的意義硬化入於妍麗的駢文裡一樣。梁啟超這種新文體所以正是文言文的一種解放。當時的確風靡不少讀者。就以不贊成這類文體的嚴復，也說梁的文章：「一紙風行海內觀聽為之一聳。」

梁啟超這種從文言文解放出來的文體，使習慣於鏗鏘的文言文章者易於接受。至於白話文，則原是存在於民間文學的形式，一直為文人學士所看不起的形式，而它的彈性也就很大，也就是說更能吸收表達新思想新概念。

而這個白話文的形式，則由胡適之想到，那時候他在美國，就與同時在美國一些朋友談到討論到，大家都反對，尤其是對於詩歌之白話化。但胡適則從討論中覺悟一個問題，他發現：

一部文學史只是一部文學形式（工具）新陳代謝的歷史，只是「活文學」隨時起來代替「死文學」的歷史。文學生命全靠能用一個時代的活工具來表現一個時代的情感與思想。工具僵化了，必須另換新的活的，這就是文學革命。

他又說：

……他們忘了歐洲近代文學史的大教訓。如沒有各國活語言作新工具，近代歐洲人還須用已死的拉丁文作工具，歐洲近代文學的勃興是可能的嗎？歐洲各國文學革命只是文學工具的革命。中國文學史上的幾番革命也都是文學工具的革命。這是我的新覺悟。

胡適的這項覺悟，就產生他在《新青年》發表〈文學改良芻議〉。《新青年》這個刊物，原是命名《青年雜誌》，於一九一五年九月十五日創刊一年，改名《新青年》，那年十一月胡適寫的〈文學改良芻議〉，就在一九一七年一月份的《新青年》發表出來。一九一七年八月，陳獨秀到北京大學教書。《新青年》停了幾期，到一九一八年一月，《新青年》移至在北京復刊，那時候胡適之也到了北京，《新青年》由陳獨秀、胡適之、李大釗、劉復、沈尹默、錢玄同六人輪流編輯，這六人都是北京大學教授。

胡適之的文學思想在美國得不到贊同的朋友，在《新青年》上就馬上獲得陳獨秀的擁護，也獲得其他各人的贊同。一九一七年一月陳獨秀將胡適的〈文學改良芻議〉發表，於二月號就響應他一篇文章，那就是〈文學革命論〉。

在〈文學改良芻議〉中，胡適提出八項主張，那是：

一曰，須言之有物。
二曰，不摹仿古人。
三曰，須講求文法。
四曰，不作無病之呻吟。

五曰，務去爛調套語。
六曰，不用典。
七曰，不講對仗。
八曰，不避俗字俗語。

在〈文學革命論〉中，陳獨秀則揭櫫了三大主義，他說：

余敢冒全國學究之敵，高張革命大旗，以為吾友之聲援，旗上大書吾革命軍三大主義。
曰，推倒雕琢的阿諛的貴族文學，建設平易的抒情的國民文學。
曰，推倒陳腐的鋪張的古典文學，建設新鮮的至誠的寫實文學。
曰，推倒迂晦的艱澀的山林文學，建設明瞭的通俗的社會文學。

當這兩篇文章發表後，自然引起很多人的不同的反應，胡適之於當年四月裡，有一封信給陳獨秀，他說：

此事之是非，非一朝一夕所能定，亦非一二人所能言，甚願國中人士能平心靜氣與吾輩同力研究此問題。討論既熟，是非自明。吾輩已張革命之旗，雖不容退縮，然亦決不能以吾輩所主張為必是，更不容他人之匡正也。

但是陳獨秀的回信卻說：

鄙意容納異議，自由討論，因為學術發達之原則，獨主於改良中國文學當以白話為正宗之說，其是非甚明，必不容反對者有討論之餘地，必以為吾人所主張者為絕對的是，而不容他人之匡正也。……

錢玄同卻說：

……此等論調雖若過悍，然對於迂謬不化之選學妖孽與桐城謬種，實不能不以嚴厲面目加之，因此輩對於文學之見解正如反對開學堂，反對剪辮子，說「洋鬼子跌倒爬不起」者其見解相同，知識如此幼稚，尚有何種商量文學之話可說乎？

這裡我們自然很容易發現胡適的態度比較合於他們所提倡的科學與民主，而陳獨秀與錢玄同就太缺乏科學與民主風度了。

《新青年》於一九一八年一月才有白話文學作品出品，同年四月號以後（四卷四期），就全部刊用白話的文章。而在那四月號裡胡適之發表了一篇〈建設的文學革命論〉，他在這篇文章裡，把〈文學改良芻議〉裡的八項主張，改為四大原則，這是：

要有話說，方才說話。
有什麼話，說什麼話，話怎樣說，就怎樣說。
要說我自己的話，別說別人的話。
是什麼時代的人，說什麼時代的話。

那時候，胡適之、沈尹默等都已經有白話詩在《新青年》上出現。一九一八年八月，胡適為他第一本詩集寫了一篇自序，他有這樣的話：

我們認定文字是文學的基礎，故文學革命的第一步，就是文字問題的解決。我們認定死文字定不能產生活文學，故我們主張若要造一種活的文學，必須用白話文來做文學的工具。我們也知道單有白話未必能造出新文學，我們也知道新文學必須有新思想做裡子，但是我們認定文字革命須有先後的程式，先要做到文字體裁的大解放，方才可以用來做新思想新精神的運輸品。我們認定白話實用文學的可能，實在是新文學唯一的利器。

錢玄同也為胡適之《嘗試集》寫了一篇序，他說：「現在我們認定白話文是文學的正宗，正是要用質樸的文章，去剷除階級制度的野蠻款式；正是要用老實的文章，去表明文章是人人會做的。做文章是直寫自己腦筋裡的思想，或直敘外面的事物，並沒有一定的格式。對於那些腐臭的舊文學，應該極端驅除，淘汰淨盡，才能使新基礎穩固。」

同年十月，胡適之又發表談新詩的文章，他說：「文學革命運動不論古今中外，大概都從文學的形式一方面下手，大概都是先要求語言文字文體等大解放……這一次的中國的文學革命運動，也是先求言語文字和文體的解放。」

關於文字和文體的解放，標榜的是白話文，所謂言文一致。但是中國有各地的方言，言文一致的主張，勢必要有一個統一的語言。這個問題，胡適之在〈建設的文學革命論〉中就有答案，那就是「國語的文學，文學的國語。」這個所謂國語，是有所根據的。

原來國語運動開始於一九〇四年以前，那是為藉文字之改革以求教育之普及。直隸王昭的官話字母就在一九〇四年出版。一九一一年民國成立，教育部召集讀音統一會，議定注音字母三十九個。一九一六年，教育部設立注音字母傳習所。同年八月，北京成立中華民國國語研究會。一九一八年，教育部正式公佈注音字母，同時設立國語統一籌備會。明年重新頒定注音字母次序，國音字典出版。

這個國語運動是為普及教育。現在國語的文學運動則是以國語作為白話的標準。在普及教育階段中，並沒有人主張以國語的白話代替文言文。在文學運動階段中，則要以國語的白話取代文言文的地位。而胡適對這點，有很有力的根據，他說：

……從北方區域慢慢地推廣出去，不但整個北方，中原之地說白話，而且擴充到整個長江。從鎮江開始經西，一直到四川，整個都是國語區域。從南京往北，一直到東三省，整東北，都是京話的區域。從東北一直到西北都是白話區域，從南京到西安都是白話區域。……再上去到湖北、四川、雲南、貴州，廣西的北部，這都是官話區。這些官話就是我們的基礎，所謂國語文字，白話文學，就是拿這麼大的地區做基礎。……這個全中國百分之九十區域，百分之七十五人口所說的話，是我們的語言基礎……

這裡，胡適為什麼要這樣看重於這「語言基礎」呢？因為他對於白話文學的理想，是言文一致的文學。文章的標準應該是「明白如話」。

因為胡適當時的構想，白話文學要「明白如話」，因此對於詩，就成了一個最有問題的難題。在一九一六年在美國與朋友們討論中，最使人不能同意的是詩。他當時就說：

……現在我們的爭點，只在「白話是否可以作詩」的問題了。白話文學的作戰，十仗之中，已勝了七八仗。現在只剩一座詩的壁壘，還須全力去搶奪。待到白話征服這詩國時，白話文學的勝利就可說是十足了，所以當時我打定主意，要作先鋒去打這座未投降的壁壘，就是要用全力去試造白話詩。

以後胡適就寫了許多詩，其成績都在《嘗試集》中。在其將初試作寄呈其友人時，一個說：「如兒時聽『蓮花落』，真所謂革盡古今中外詩人之命者！足下誠豪健哉。」（梅覲莊語）一個人說：「足下此次試驗的結果，乃完全失敗，蓋足下所作，白話則誠白話矣，韻則有韻矣，然卻不可謂之詩。」（任叔永語）

但這並沒有掃胡適的信心，而於覆任叔永信中，還堅強地說：「吾自此以後，不更作文言詩詞。」

在胡適整個的《嘗試集》中的詩篇，是不是有可以稱謂詩的，到現在似乎沒有人再細究這個問題，但這仍是一個問題。

這也就是白話詩嘗試是不是失敗的問題。

如果白話詩以後的發展是另外的路，完全不是胡適之所嘗試的，那麼初期所寫的也正可以說是失敗，而胡適的「白話」作詩的理想也是一個失敗。

其實對於中國舊詩詞的革命意旨，梁任公時代也早已醞釀，他在《飲冰室詩話》裡說：

當時所謂新詩者，頗喜撏撦新名詞以自表異。丙甲、丁酉間，吾等數子皆好作此體。提倡之者為夏穗卿（曾佑）而復生（譚嗣同）亦甚嗜之。

那些詩如：「綱常慘以喀私德（cost），法會盛於巴力門（parliament）。」（譚嗣同的《聽金陵說法》）「修羅舉只手，陽烏為之死。」（夏曾佑《贈任公》）

實際上只是使讀者覺得是新式打油詩而已。

另外，在這方面努力而為人所熟知的當時還有黃公度（遵憲）。他曾經做過多年外交官，他的《人境廬詩草》所集的詩，有許多都是新名詞以及馬來名詞，他是對詩有積極主張的人，他有一首談到他的主張：

……我手寫我口，古豈能拘牽！即今流俗語，我若登簡編，五千年後人，驚為古斑斕。

他所謂「我手寫我口」，應是白話詩了，但是他只想在舊形式裝新內容，終於沒有什麼成績。這裡胡適之所謂先求文學文體之解放，也就是所謂形式的解放，自然是正確的途徑。

那些回頭再去寫舊詩的人士，如上面所說的，事實也再不想在舊時形式中去裝生活中新詞彙與概念了。

二

上面所說的新文藝運動，是根據新文化運動而來。當新思想澎湃氾濫時，文言文這個舊形式已經無法接納新內容，它的破壞已成了客觀情勢的要求。這也所以《新青年》的提倡獲得了很快的勝利。

但當時有幾個保守的人士與團體是反對的。在北京大學的教授中，如黃侃，是極端反對的。辜鴻銘自然也反對，他用英文在上海密勒氏評論報（Milland's Review of Far East）

發表反對文學革命的文章。嚴復在給一位友人的信中，表露他輕視的意見，他連梁啟超式的新文體都不贊成，自然更反對「白話文體」了。在南方，那時東南大學的中文系教授，多數是保守派。但是這些反對的人，並沒有能提出具體的堅強理論。只有林琴南，他正面的寫〈論古文與白話文之相消長〉，〈論古文之不當廢〉，他不但維護文言文的形式，他還反對新文化運動中對於舊禮教舊道德等的抨擊，後來他於一九一九年三月十八日在《公言報》發表〈致蔡鶴卿太史書〉，這封信同蔡元培給他的覆信現在可說是新文學運動中一個重要文獻了。

不過，林琴南的信所及的如「盡廢古書，行用土語文字」的話，實在一點不瞭解大學教育，尤其北大當時的情形。他似乎不知道當時北大有黃侃、辜鴻銘一類的教授也正是反對白話的。其中所及的「覆孔孟，鏟倫常」的思想問題，則更是只憑《新青年》一、二篇偶爾偏激的文章，來批評蔡元培所領導之大學教育。所以蔡元培給他的回信，使他再無法反駁。林琴南大概因此有點惱羞成怒。他寫了兩篇小說以攻訐《新青年》的幾位同人，又挑逗安福系軍人徐樹錚用武力來壓迫新文化運動。

林琴南的抨擊《新青年》同人是一九一九年二三月之事。過了幾個月，轟轟烈烈的「五四運動」就發生了。

「五四運動」是學生的愛國運動，是政治運動也是文化運動。因為大家對於《新青年》所號召的革命精神，反封建反舊文化的精神以及民主科學的要求更具信心了。

但是反對白話文及新文化的還有《甲寅月刊》與學衡派。

《甲寅月刊》的主辦人為章士釗。《甲寅月刊》於一九一四年出版，陳獨秀、胡適、李大釗等也曾有文章在那裡發表，一九一六年後停刊。一九二四年十一月他在安福系政府任司法總長，翌年又兼教育總長。一九二五年五月又將《甲寅》復刊。他極力反對新文學與新文化。他先是在一九二三年上海《新聞報》發表一〈評新文化運動〉一文，是專對胡適之言論而批評。如胡適之所說舊文學是死文學，他則謂文言文的文學大家都可以懂，不會死去，而俗言俚語由時地之變化，日子一多，就成為無法瞭解的死文字。胡適之認為文言文為少數文人學士專用，頑童稚子，無從瞭解，白話文則可普及於平民，章士釗則謂過去中國人人都可在塾師中讀得千字文、四書、唐詩，從無摒牧童樵夫於「就學」之外，倒是現在學校，必須小學中學大學，才能接觸中國文學，學校反而貴族化。他認為這是教育問題，於文言白話無關。此外如關於白話文可使平民易於瞭解，諸凡學術思想，就可直接與平民接觸，而章氏則將它比作世界語以普及英德法之學術著作，謂是不可能之事。……

這種爭論，現在看起來，章士釗似乎都是牽強附會，沒有太大的學理在裡面，但比林琴南的抨擊較有分量。

學衡派的人物有胡先驌、梅光迪、吳宓，他們於一九二一年創辦了《學衡》雜誌。

學衡派批評新文化，則較有立場。譬如說，梅光迪在〈評提倡新文化〉文中，說到文體應該並存，不能說是革命。他以為六朝駢文，元明戲曲小說，正是體裁形式的增加，並不是完全的變遷，更談不到革命。並不如胡適之們以為古文之後，而無駢文，白話之後，而無文言。元明白話戲曲小說後，不是仍有駢文古文之大家嗎。

又如胡先驌的《中國文學改良論》中，說白話文運動者說西洋言文合一，他認為是欺人之談，西洋文學中的文字，其典雅冷僻豈是一般人的口語中之文字。文字是文字，文學是文學。前者達意即可，文學則有結構照應之點綴，字句間有修飾，並不是信口說來，就是文學。

談到詩，他說白話雖能寫實達意，但「詩之為詩與否又一事也」他說，如杜工部的〈兵馬行〉、〈贈衛八處士〉、〈哀江頭〉、〈哀王孫〉、〈石壕吏〉、〈垂老別〉、〈無家別〉、〈夢李白〉等古體及〈月夜〉、〈月夜憶舍弟〉等律詩都是情文並茂傳情達意之作，何必要說白話詩才能表達清楚。他批評劉半農〈相隔一層紙〉之新詩，遠不及杜工部「朱門酒肉臭，路有凍死骨」寫得盡致。他又提到沈尹默之〈月夜〉時，毫無詩意。他引了阮大鋮一首〈村夜〉：「坐聽柴扉響，村童夜汲還，為言溪上月，已照門前山，暮氣千峰領，清香如樹間，徘徊空影下，襟露已斑斑。」與其比較，看出文言詩意境的高超。

沈尹默的〈月夜〉

霜風呼呼的吹著，
月光明明的照著，
我和一株頂高的樹並立著，
卻沒有靠著。

劉半農的〈相隔一層紙〉

屋子裡提著爐火，
老爺吩咐買水果，
說「天不冷火太熱
別任他烤壞了我」！
屋子外躺著一個叫花子，
咬緊著牙齒，對著北風呼要死！
可憐屋外與屋裡，
相隔只有一層紙！

這些話，現在看起來，當時似乎很值得冷靜的討論。可是那是革命的時代，戰士們如成仿吾、魯迅等都以戰鬥的姿態從《學衡》的基本弱點上予以轟擊。而那已經是五四運動以後，沒有人再重視文言文的刊物。白話文新文化新文藝的刊物已如雨後春筍，有人估計，一九一九年當中，至少出現了四百多種白話文的刊物，報紙也在那一年出版了白話文的附張與副刊。比較有名的刊物是《新潮》、《少年中國》、《星期評論》、《解放與改造》、《建設》、《湘江評論》，報上的副刊最有影響的有北京的《晨報副刊》、《京報副刊》、上海民國日報的《覺悟》、時事新報的《學燈》等。

反對白話文與新文化的團體與刊物已經很難有什麼影響了。

新文學時代算是已經開始。

三

在這新舊交替的過程中，新舊的衝突是必然的。我們現在回顧這一段歷史，檢討得失功過，自是有許多問題值得我們思索。

所謂新人物新思想，對舊的文化的否定，這可說是文化革命或者是意識革命，文學的革命實際上是附屬的東西。

在文學革命中，文體的革命原是最早的要求。如裘廷梁在一八九八年所寫的〈論白話為維新之本〉，可以說已經揭起了革命的旗幟。他把文學之美，分為形式與內容來看，是極有見地的眼光。以後提倡白話的人，似乎都以為白話為普及教育的工具，對於它可以成為文學的形式，則多數沒有信心，一直到胡適、陳獨秀才相信白話文學可成文學的正宗。

我覺得從理論到實踐，現在看起來沒有什麼，但當時實需要一種很大的勇氣。裘廷梁的文章是為《白話叢話》作序，可是仍用文言文來寫，就是一個很好的例子。所以《新青年》後來改用白話文，確是一種巨大的躍進。

而我們如果把那些所謂嘗試時期的作品來看，其幼稚與粗糙，實在是無法否認的。我們不妨把當時的收穫，作一個檢討：

第一，就詩歌而言。自從胡適之立意寫白話詩後，追從而寫的人很多。這些新詩，在藝術與趣味講，的確無法同舊詩詞相比，這是任叔永早就看到，而梅光迪也已經指出。

我上面說過，文藝之形式之突破與改變，是因為內容的擴大與膨脹。文藝內容就是人生。人生因為時代演變而擴充，新的思想情感以及感覺不斷產生，舊的詞彙結構韻律就不能夠配合，形成了必然的改變。譬如我們如果要將我們的各種新概念與生活中新經驗放在舊詩裡這詩就不再像詩。梁啟超、黃遵憲的新體詩就是這樣失敗的。如我們現在所有的概念，隨便舉幾個例子，如「變態心理」，如「節育」，如「飛機」，如「噴射機」，如「機關槍」，如「收音機」，如「霓虹燈」等等，假若要放在七律詩中，那就必須要找「典雅」的「古僻」的詞彙作象徵或影射的代替才行。這第一是難，第二是沒有人看得懂，因此只有放棄舊詩形式，創造白話詩才對。

如今，當胡適之試作新詩之時，他的意識中似乎並沒有新的意境要表現，也沒有新的情感要抒寫。儘管他在「一念」中，故意用些「太陽繞地球」，「一秒鐘五十萬裡的無線電」，「軌道線」一類的新名詞，他的中心主題用舊詩一樣可以表現，那麼他的「白話」也就顯不出有什麼必要了。

譬如上面所引胡先驌談及的兩首詩——沈尹默與劉半農的，像這樣的意境與趣味，舊詩詞中寫到的不知有多少，而敢說都是比他們白話寫得好。

而以後繼起的詩人當中，他們許多詩甚至是從舊詩詞中引援變化甚至改頭換面，以及移譯工作。

而值得我們思索的是那些先驅的詩人，如沈尹默、魯迅、劉半農、周作人、陳獨秀及稍後的郁達夫、俞平伯、左舜生後來都寫舊詩，而且否定自己過去「新詩」的作品。如沈尹默，他出過詩集，所集的完全是舊詩，所寫的新詩以後提都不願提了。魯迅只有一首〈我的失戀〉收在他的集子中，而是以雜感文姿態出現的。周作人、郁達夫更不必說，幾乎沒有人還記得他們是寫過新詩的。這是不是可以證明這些人後來都發現新詩是無法成為詩，而承認舊詩是最好的詩的形式呢？這是不是正是承認了學衡社當年的主張是對的呢？

我這裡要提出的是，如果文學史的新舊，只是以時代的前後來說，那麼所謂現代文學史，提到這些作家的作品時，是不是應該把他們舊詩詞也該提出來討論呢？如此說來，那麼談到近幾十年中的文學時，我們是不應該捨棄許多許多的寫舊詩的詩人與作品。這可以說是值得寫所謂「新」文學史者注意的課題。

同時，我們現在論他們那時候的所寫新詩，我們似乎必須把啟蒙的時代放在心中。胡適之把他第一本詩集名為《嘗試集》。其實那個時代的新詩都是嘗試。我們可說那是嘗試期的新詩，是不能作為詩歌欣賞與評論的對象，可說褒貶都沒有什麼意義的，而作為一個作家的評述時，他們所寫的舊詩正是不可疏略的作品。這也就是說，我們提到沈尹默，不論及他自己重視的舊詩，提到郁達夫，不論及他後期所寫的許多舊詩，是極為不公平與不完全的。

第二是戲劇，《新青年》時代的人物，他們反對舊劇（京戲、昆曲）等，比反對舊詩詞還激烈，而其立論，現在看起來，也實在有點離奇，我在後面且引幾段他們的說法。

吾友某君常說道，「要中國的真戲，非把中國現在戲館全數封閉不可。」我說這話真是不錯。……有人不懂，問我「這話怎講？」我說，一點也不難懂。譬如要建設共和政府，自然該推翻君主政府；要建設平民的通俗文學，自然該推翻貴族的艱深文學。那麼，如其要中國有真戲，這真戲自然是西洋派的戲，絕不是「臉譜」派的戲。要不把那扮不像人的人，說不像話的話全數掃除，盡情推翻，真戲怎樣能推行呢？如其因為「臉譜」派的戲，其名叫做「戲」，西洋派的戲，其名也叫做「戲」，所以講求西洋派的戲的人，不可推翻「臉譜」的戲派。那我要請問：假如有人說，「君主政府叫做『政府』，共和政府也叫做『政府』，既然其名都叫做『政府』，則組織共和政府的人，便不該推翻君主政府。」這句話通不通？

——錢玄同：〈雜感〉

中國的戲，本來算不得什麼東西。我常說，這不過是「周禮」裡「方相氏」的變相罷了，與文藝美術，不但是相去甚遠，簡直是「南轅北轍」，若以此我輩所謂「通俗文學」，則無異「指鹿為馬」，適之前次答張傻子信中有「君以評戲見稱於時，為研究通信文學之一人；其贊成本社改良文學之主張，固意中事。」這幾句話，我與適之的意見卻有點反對。我們做《新青年》的文章，是給純潔的青年看的，絕不求此輩「贊成」。此輩既欲保存「臉譜」，保存「對唱」「亂打」等等「百獸率舞」的怪相，一天到晚，什麼「老譚」「梅郎」的說個不了。聽見人家講了一句戲劇要改良，於是斷斷致辯，說「廢唱而歸於說白乃絕對的不可能」，什麼「臉譜分別甚精，隱寓褒貶」，此實與一班非做奴才不可的遺老要保存辮髮，不拿女人當人的賤丈夫要保存小腳同是一種心理。簡單說明之，即必須保存野蠻人之品物，斷不肯進化為文明人而已。我記得十年前上海某旬報中有一篇文章，題目叫做《尊屁篇》，文章的內容，我是忘記了。但就這題目斷章取義，實在可以概括一班「鸚鵡派讀書人」的大見識大學問。

——錢玄同：〈今之所謂評劇家〉

我所謂「離奇」者，即指此「一定之臉譜」而言；臉有臉譜，且又一定，實為覺得離奇得很。若云「隱寓褒貶」，則尤為可笑。朱熹做「綱目」學孔老爹的筆削「春秋」，已為通人所譏訕：舊戲索性把這種「陽秋筆法」畫到臉上來了：這真和張家豬肆記畫形於豬鬣，李家馬坊烙圓印於馬蹄一樣的辦法。哈哈！此即所謂中國舊戲之「真精神」乎？

——錢玄同：〈答張厚載〉

有害於「世道人心」。我因為不懂舊戲，舉不出詳細的例。但約略計算，內中有害分子，可分作下列四類：淫殺，皇帝，鬼神。（這四種，可稱作儒道二派思想的結晶，用別一名稱，發現在現今社會上的，就是，一、「房中」，二、「武力」，三、「復辟」，四、「靈學」。）在中國民間傳佈有害思想的，本有「下等小說」及各種說書，但民間不識字不聽過說書的人，卻沒有不曾看過戲的人的，所以還要算戲的勢力最大。希望真命天子，歸依玉皇大帝，（及《道教搢紳錄》上的人物，）想做「好漢」，這宗民間思想，全從戲上得來；至於傳佈淫的思想，方面雖多，終以戲為最甚，唱說之外，加以扮演，據個人所見，已很有奇怪的實例。皇帝與鬼神的思想，中國或尚有不以為非的人；淫殺二字，當然非精神文明所應有，共為「世道人心」之害，毫無可疑，當在應禁之列了。中國向來固然未曾禁止，卻有什麼效果呢？因為這兩件，——皇帝與鬼神的兩件，也是如此——是根本的野蠻思想，也就是野蠻戲的根本精神；做了這種戲，自然不能缺這兩件——或四件；但除了這兩件也只有不做那種戲。

——周作人：〈中國舊戲之應廢〉

這些說法，似乎多是從舊戲的內容中，所謂舊道德舊思想來著眼。他們對於戲劇藝術可以說一點也不瞭解。照這樣的說法，那麼中國所有藝術遺產、文學遺產不是都有思想上的問題麼？而世界上任何民族，他們的傳統戲劇，民間藝術的內容不是也都有迷信淫殺以及各種落後的舊道德的東西麼？難道都應該廢除？如此，則世界博物館、藝術館裡面的東西也都應該毀棄了。

而錢玄同以共和政府與君主政府比諸平民的通俗文學與貴族的艱深文學更是不倫不類。文化這東西可珍貴的正是要各種不同的東西並存。如果一有進步把舊的都毀棄，那麼不是隔二十年都該焚書坑儒一次才對。君王政府隨帝皇之喜惡而可使一種思想定於一尊，推翻專制，成立共和，建立了共和政府不正是可以百花齊放了麼？《新青年》同人既然以民主科學的精神相號召，而這種代表人物所表現的，實在是非常可怕的一種意識形態。這也是說，如果錢玄同、周作人當時有權有勢，他們對於異己的人們豈不是也將斬盡殺絕了麼？

中國傳統戲劇之價值如何是另一問題，但其為藝術（哪怕是原始的）則是無可否認。有人認為要將它改良，我則以為應該任其存在。改良不如另創新的，新舊並存，絕無壞處，觀眾自己取捨，不適的自然會自己淘汰。五四到現在已有半世紀，話劇也經過多少人的努力，可是在一九四九年以前，能完全靠票房收入來維持的，只有京戲與電影——而這所謂「新的」「通俗的」的第八「藝術」，還不是以姦淫殺戮來賣座。關於這問題，在《新青年》中出現的，以宋春舫的意見較為內行。不過並不令當時大家所接受。

這裡提到錢、周的態度。第一是要點明這些提倡民主與科學的人士，根本就沒有「民主」與「科學」精神。第二，我覺得這與以後的文化運動似乎都有很大的影響。

當時《新青年》所提倡的戲劇是西洋的話劇，曾經有人翻譯介紹過，特別是出過易卜生專號，這因為易卜生的戲劇是社會劇是問題劇，對於現實的人生有所批評與揭發。而試寫劇本的人並不多，胡適之也試寫過，其幼稚同他的詩作一樣。

第三，我們不得不提出，白話文運動的成功是工具的成功，是「文字」革新的成功。其業績表現在白話的散文上。那時全國都新興了白話的報刊，而所謂白話，也已經呈現不同的色澤光輝，但是離「明白如話」的距離也漸漸遠了。而特別要點明的。是梁啟超式的新文體在時評社論上仍是非常風行。

第四，至於小說，出現了魯迅的《狂人日記》，《孔乙己》，《藥》等的作品。這可說是簇新的收穫，也的確是初期新文學運動的業績。魯迅以後，說到他的態度，那是一九三三年寫的《我為什麼寫小說》，他說：

> 說到為什麼做小說吧，我仍抱著十多年前「啟蒙主義」以為必須是「有人生」，而且要「改良人生」，我深惡先前的稱小說為「簡略」，而且將「為藝術而藝術」看作不過是消閒的新式的別號。所以我的取材，多采自病態社會的不幸的人們中，意思是在揭出病苦，引起療救的意思，所以我力避行文的嘮叨，只要覺得夠將意思傳

給別人就寧可什麼陪襯拖帶也沒有。中國舊戲上，沒有背景，新年賣給孩子看的花紙上，只要主要幾個人（現在的花紙有背景了）。我深信對於目的，這方法是適宜的，所以我不去描寫風月，對話也絕不說到一大篇。

魯迅對於小說的看法，正是當時新文化運動時所有領導人物的意識形態。原因是中國積弱已久，新文化的意義就在改造中國，因此對於文學戲劇小說，都有一樣的要求。遠在一八九八年（光緒二十三年）在創刊的《國聞週報》上，嚴復與夏曾佑就合寫過一篇〈本館附印小說緣起〉，長萬餘言，據說是闡明小說價值的一篇文章，可惜現在無法找到。到一八九八年梁啟超寫過〈譯印政治小說序〉，後又寫了一篇〈論小說與群治之關係〉，發表在《新小說》的創刊號上，裡面一開頭就說：

> 欲新一國之民，不可不新一國之小說，故欲新道德，必新小說；欲新宗教，必新小說；欲新政治，必新小說；欲新風俗，必新小說；欲新學藝，必新小說。乃至欲新人心，欲新人格，必新小說。……

這個態度，也正是魯迅及以後許多人所承繼的。

啟蒙時期的所謂寫實主義與浪漫主義

文學研究會與創造社

當《新青年》在文學上的影響漸漸衰落之時，出現了一個文學團體，那就是「文學研究會」，發起文學研究會的有十二個人：

周作人、朱希祖、耿濟之、鄭振鐸、瞿世英、王統照、蔣百里、孫伏園、許地山、葉紹鈞、郭紹虞、沈雁冰。成立於一九二一年一月。

文學研究會的性質，據沈雁冰說：「這個團體自始即不曾提出集團的主張，後來也不曾有過，它不像外國各時代文學上新運動初期的一些具有確定的綱領文學會，它實在正像它宣言所希望」似的，是一個「著作同業公會」《新文學大系・小說一集導言》。又說：

就我所知，文學研究會是一個非常散漫的文學團體，文學研究會發起諸人，什麼「企圖」什麼野心都沒有的，對於文藝的意思大家也不一致——並且未嘗求其一致，如果所謂一致的話，那亦無非是「將文藝當作高興時的遊戲或失意時的消遣的時候，現在已經過去了」這一基本態度。現在想起來，這一基本態度，雖則好像平淡無奇，而在當時，卻是文學研究會所以成立的主要原因，假使我們說文學研究會是應了要校正那遊戲的文學觀之客觀的必要而產生，光景是也沒有什麼錯誤吧。

他又說：「這一句話（指『將文藝當作高興時的遊戲，或失意時的消遣的時候，現在已經過去了』的那句話），不妨說是文學研究會集團名下有關係的人們的共同態度。這一態度，在當時是被解作『文學應該反映社會的現象表現並且討論一些有關人生一般的問題。』這個態度，在冰心、廬隱、王統照、葉紹鈞、落華生及其他許多被目為文學研究會派的作家的作者裡，很明顯地可以看出來。」

這個態度，其實也正是周作人在一九一八年十二月（《新青年》五卷六期）發表的《人的文學》一文裡的態度，他說：

我們現在應該提倡的新文學，簡單地說一句，是「人的文學」。應該排斥的，便是反對的，是「非人的文學」……我所說的「人道主義」並非世間所謂的「悲天憫人」或「博施濟眾」的慈善主義，乃是一種個人主義的人間本位主義。……用這種人道主義為本，對於人生諸問題加以記錄研究的文字，便謂之「人的文學」。

自從胡適之提倡新文學以來，一直是求文字文體的解放，換句話說，追求的是形式問題。胡適之也提到新文學還要有新思想做裡子。但是所謂內容問題，胡適、陳獨秀都還無暇提及，周作人這篇〈人的文學〉正是第一個提到內容問題的文章，而這裡所謂人道主義，大概就是指Humanism，以後大家翻譯成人文主義或人本主義的。

周作人這個態度，在他一九二二年七月二十五日為他第一本散文集寫序言時，就有了改變，他說：「我們太要求不朽，想於社會有益，就太抹殺了自己；其實不朽決不是著作的目的。有益社會也並非著者的義務，只因為他是這樣想，要這樣說，這才是文藝存在的根據。」

周作人這個態度的改變，可以說是他在創作過程上體驗到的。文學是反映人生，這是不易的基本的道理，離開人生自然沒有文學。一個作品裡所反映的感受以及思想與情操自然也會影響於社會，這也是無法避免的。但是說一個作家的每一個思想感情都要先想到於社會有益，那麼一定就陷於說教。而一個人的思想感情事實上是變動的，當你思想感情變動時，今日以為有益於世道人心的，明日認為有害，那麼一個作家一生的作品在他臨死前可能都只好否定了。

所以我想最好的態度，還是要各人說各人的話，人人尊敬別人的話。我以為理論的東西，可以討論、辯駁，而藝術的創作只是作家自己的表現。每人該有「自己的園地」。這也許也正是周作人把他的散文集稱為《自己的園地》的意義。

《小說月報》的發起人，以後各有各的發展，有的很少在《小說月報》發表作品，有的以後與文藝也疏遠了。《小說月報》的編者是沈雁冰，中堅的作家有王統照、葉紹鈞、廬隱、冰心、落華生。誠如沈雁冰所說，都有他所說的共同的傾向。而也很自然的一方面沈雁冰就以他自己的傾向選用外稿，一方面，有相同傾向作家也就願意向《小說月報》投稿了。

那麼創造社是一個什麼樣的文學團體呢？據郭沫若在《創造季刊》第一卷第二期的〈編輯餘談〉中說：

……但是我們這個小社，並沒有固定的組織，我們沒有章程，沒有機關，也沒有劃一的主義。我們是由幾個朋友隨意合攏來的。我們的主義、我們的思想並不相同，也並不必強求相同。我們所同的，只是本著我們內心的要求，從事於文藝的活動罷了……

如果憑這幾句話，同周作人在《自己的園地》序文中的話比較，可以說並沒有什麼大分別。

但是為什麼這兩個團體被人們認為是對立的，而文學研究會被認為是標榜寫實主義，創造社被認為是浪漫主義呢？

我想，這或者是由於多數作品的趣味，或者只是主編人的態度，而對立的論戰當然是最大的原因。在《創造季刊》一出現之時，「更蒙沈雁冰以即損的筆名加了一次酷評……」（郭沫若語）創造社令人很早就認為文學研究會在「包辦」與「壟斷」文壇。因此也自然的就開始對壘了。

茅盾後來說：「絕不是『包辦』或『壟斷』文壇，像當時有些人所想像。」

後來鄭伯奇在談創造社諸作家中說：「然而久而久之，文學研究會的成員漸漸固定了，變成了一個同人團體，那卻是不容否認的。」

創造社呢？成仿吾在《創造季刊》一卷三期中說：

> 關於我們這個小社，沫若在第二期中，已經說得很明顯。我們是沒有限制的，朋友們！請說：這是我們大家所公有。

但是鄭伯奇（他正是創造社初期的一個中堅分子）說：

但，話雖是這樣說，創造社實際上是一種同人團體，《創造季刊》以下的各種刊物，實在是同人雜誌，這差不多已經成了定說了。

所以這只是文人相輕兩個團體的對壘。當時創造社正是以革命的精神要突破「文學研究會」的壟斷，而他們希望多有些朋友以加強陣營也是真的。

關於一般認為創造社是「為藝術而藝術」的一派，我們可以用鄭伯奇的一段話來詮釋：

創造社的傾向，從來是被看做和文學研究會所代表的人生派相對立的藝術派。這樣的分別是含混的，因為人生派和藝術派這兩個名稱的含義就不很明確。若說創造社是藝術至上者的一群，那更顯得是不對。……真正藝術至上主義者是忘卻了一切時代社會的關心而籠居在「象牙之塔」裡面，從事藝術生活的人們。創造社的作家，誰都沒有這樣的傾向。郭沫若的詩，郁達夫的小說，成仿吾的批評，以及其他諸人的作品都顯出他們對於時代和社會熱烈的關心。所謂象牙之塔一點沒有給他準備著。他們依然是在社會的桎梏之下呻吟著的「時代兒」。

在這一點上，也正可以說創造社這批作家並沒有徹底浪漫主義的精神，他們這種浪漫趣味是不夠空靈也不夠浩闊，儘管郁達夫說：「文藝是天才的創造物，不可以規矩來測量的。」而郭沫若、成仿吾等都愛「藝術之神」一類的口頭禪，在那個時代，在中國這樣的環境，像西歐一樣蓬勃的浪漫主義是無法產生的。這在日本似乎也是一樣。日本已故作家坪內逍遙就慨歎過，日本沒有像英、法、德各國那樣強盛的浪漫主義的文學運動。

引用一些創造社當時所流露浪漫趣味，我們馬上可以發現這只是拾歐美日本浪漫主義運動的極淺粗的口號而已。

郭沫若：「藝術本身是無所謂目的……文藝如春的花草，乃藝術家內心智慧的表現。詩人寫出一篇詩，音樂家譜出一個曲，畫家繪成一幅畫，都是他們天才的自然流露，如一陣春風吹過池面的微波，是沒有所謂目的。」

——〈文藝的社會使命〉

成仿吾：「如果我們把內心的要求作為文學上創造的原動力，那麼藝術與人生便兩方面都不能干涉我們，而我們創作可以不至於為它們的奴隸。」「……而且一切美的文學，縱或它沒有什麼可以教我們，而它可給我們的美的快感與安慰，這些美的快感與安慰對於我們日常生活有更新的效果，我們是不能不承認的……我們要求文學的全、我們要實現文學的美。」

——〈新文學的使命〉及〈藝術的社會意義〉

郁達夫：「我雖不同意唯美主義者那樣持論的偏激，但我卻承認美的追求是藝術的核心。自然的美，人體的美，人格的美，情感的美，或是抽象的悲壯的美，雄大的美，及其他一切美的情愫，便是藝術的主要成分。」

——〈藝術與國家〉

那麼文學研究會的主張又是如何呢？

茅盾那時候是《小說月報》主編，實際上也是這場論戰的主將，他的說法當然並不能代表全體的會員，但發表在《小說月報》上，就像是《小說月報》的主張。他寫過〈什麼是文學〉、〈文學與人生〉、〈社會背景與創作〉等等文章。

在〈什麼是文學〉中，他指出當時有些文學工作者的病態：（一）不拘小節，揮霍而又說窮苦，有意做名士的行徑；（二）痛罵文學的社會傾向，崇拜無用的美，崇拜天才，與古代名士並無二致；（三）一般作者多含絕望悲觀。……

這其實只是針對創造社作家們的作風而已。

在〈文學與人生〉中，他說：「一個時代有一個環境，就有那個時代環境下的文學。環境本不是限於物質的，當時的思想潮流，政治狀況，風俗習慣，都是那時代的環境。著作家處處受著他的環境的影響，絕不能夠脫離環境而獨立的。」

茅盾這話沒有錯。那麼為什麼不能瞭解創造社那些作家也正是受著他們環境的影響呢？

在〈社會背景與創作〉中，他說：

真的文學也只是反映時代的文學。我們現在的社會背景是怎麼樣的社會背景？應該產生怎樣的創作？由膚淺看來，現在社會內兵荒屢見，人人感著生活不安的痛苦，真可以說是亂世了。反映這時代的創作應該是怎麼樣的悲慘動人呀。如再進一步觀察，頑固守舊的老人和向新進取的青年，思想衝突極厲害，應該有易卜生的《少年社會黨》和屠格涅夫的《父與子》一樣作品來表現他……總之，我覺得表現社會生活的文學是真文學，是與人類生活有關係的文學，在被迫害的國裡更應注意這社會的背景。

茅盾的這種思想正是承繼《新青年》的思想而來，他在另一篇：〈大轉變何時來呢？〉一文中，又說：「文學不僅是供給煩悶的人們去解悶，逃避現實人生去陶醉，文學是有激勵人心的積極性的，尤其在我們的時代，我們希望能夠擔當喚醒民眾而給他們力量的重大責任。」

他又引法國作家巴比塞（Henri Barbusse）的話說：「和現實脫離關係的文學，現在已經成為死的東西，現代的活文學一定附著於現實人生的，以促進眼前的人生為目的。」

這也正是承繼了梁啟超對於文學的觀感。

這一次的爭論，現在看起來，雖然並不太深入，但這已經是從文學形式的革命進一步接觸到內容與寫作態度問題，而也已經由這兩種寫作態度產生了一些作品，這些作品所呈現的倒比這些爭論的理論要豐富與壯闊。

儘管創造社時時要以「美」來評衡文學的價值，但他們並沒有「藝術之神」呵護他們平安地耽在「象牙之塔」裡。對於政治對於社會以及對於文壇，他們感到不滿，他們就激起了不平不滿的吼叫。這是他們以後儘先的以熱情接受革命文學的潛勢。

文學研究會與創造社的論戰，將結束於革命文學的興起。所以鄭振鐸後來說：「他們的主張和文學研究會的主張已是沒有什麼實質上的不同了。」

鄭振鐸是文學研究會的基本會員，他是《文學旬刊》的主編，《文學旬刊》是附在

《時事新報》裡的文學研究會的一個機關刊物，刊行了四百餘期。據鄭振鐸說：「……這兩個刊物都是鼓吹著為人生的藝術，標示著寫實主義的文學的……他們反抗無病呻吟的舊文學，反抗以文學為遊戲的鴛鴦蝴蝶派的『海派』文人們。他們是比『新青年』派更進一步的揭起了寫實主義的文學革命的旗幟的。他們不僅推翻傳統的惡習，也力拯青年們於流俗的陷溺與沉迷之中，而使之走上純正的文學大道。」

鄭振鐸所說的對於復古派的反抗，正是承繼《新青年》的精神而來，而他們所接觸的只是在南京出現的學衡派。這一派的人士上面已經談到過，都是在東南大學教書的教授。鄭振鐸對他們的了解說：「……林琴南們對於新文學的攻擊，是純然出於衛道的熱忱，是站在傳統的立場來說話的。但胡梅輩卻站在『古典派』的立場來說話了。他們引致了好些西洋的文藝理論來做護身符，聲勢當然和林琴南、張厚載有些不同。但終『時勢已非』，他們是來得太晚了一些。新文學已成燎原之勢，決非他們書生的微力所能撼動其萬一的了。」

鄭振鐸的話是對的。學衡派有許多文學意見其實很值得大家研究討論。在文學研究會代表寫實主義，創造社代表浪漫主義，學衡派如認真的以所謂西洋古典主義的理論與精神出現文壇，也未始不是當時文壇多呈燦爛豐富之象。但學衡派的作家太少，也沒有可以代表古典主義的作者。後來彙集了一些落伍的，對文藝無深刻瞭解的遺老遺少的作品刊了一個「詩的專號」，多數都是陳腐的或無病呻吟的詩，這就顯得十分寒酸貧乏，所以在文壇上無法有較大的影響。

至於鴛鴦蝴蝶派，那是清末民初在上海的文人遺留下來的一種文風。也就是以遊戲態度玩弄玩弄文字。他們也有小說，小說中多是賣弄才情之作，他們很早也就有白話小說。戀愛常是表兄表妹卿卿我我，紅粉知己，花前月下，無病呻吟，身世之感，其他是因襲前人的筆記小品，談鬼說怪，身邊瑣事，以及豔遇奇聞香豔詩話等等。此外則有上海灘之黑幕小說，滑稽小說，武俠小說，都是以好玩的態度出之。此外還有許多無病呻吟的舊詩詞，以及由十幾個作家集合起來，一個寫一段的什錦小說。

《小說月報》本來也是這樣的一個刊物。一九二一年由沈雁冰接編開始就變成新文學的刊物。那時候，所謂復古派實際上已成尾聲。他們面對上海灘鴛鴦蝴蝶派的勢力，就做了開山辟荊的工作。所以當創造社以藝術而藝術的姿態出現文壇時，文學研究會就說他們是新的鴛鴦蝴蝶派。而魯迅不也說「將『為藝術而藝術』看作不過是消閒的新式的別號」嗎？

我們從嚴肅的藝術角度，從歷史上的偉大作品來看，文學與藝術一樣，偉大的作品一方面固然可以是社會的，另一方面則往往是生命的。前者是外在的、社會的、政治的、經濟的，後者則是內在的、生物的、生理的、心理的。前者可以說是唯物，後者可以說是唯生的。這可以說是因作家的氣質風格趣味而不同。寫實主義多數屬於前者，浪漫主義多數屬於後者。至於鴛鴦蝴蝶派那就兩樣都不是，是一種脫離社會而又不接觸生命的把戲。

上面是一般的談所謂文學研究會與創造社之爭。當時所謂寫實主義與浪漫主義都沒有什麼高深的理論，也沒有可以代表這兩種精神的突出的作者。他們的態度上的不同，也止限於文學的功利與文學的非功利兩種看法。文學對於政治、社會、道德……的功用，原是梁啟超以來的一種思想。這種思想也是中國「文以載道」的一種傳統。創造社的文學主張，似乎並沒有超出中國言志派與性靈派的理論。

我覺得從創作過程上看，一個作家很容易接受創造社的說法，藝術家、作家的創作並不是一直在功利打算之中。但是在社會影響下，文學研究會的說法容易得人的同情。

但問題似乎在藝術價值的評衡上。一個作品的偉大與高超，到底是在它在社會上的影響，還是可以不計其對於社會的影響，而看到其作者本身獨立的藝術價值。

這是一個批評家應該先持有的尺度。我覺得一個批評者應該持有一種尺度，如果混淆了這種尺度，他的論斷往往就會沒有一個標準的。

刊》上。《晨報副刊》先由孫伏園主編，魯迅等人也都在投稿。後來因魯迅一首〈我的失戀〉詩受報社當局反對，不被刊出，編者孫伏園憤而辭職，後來轉到《京報》去主編副刊，又與魯迅、周作人等合出《語絲週刊》。《語絲週刊》原是一個同人刊物，只是發表同人們的思想意見，大概的態度是對於舊的、落後的有尖刻的抨擊，對於新的作同情的介紹，但是後來與《現代評論》對立了。《現代評論》是胡適、陳西瀅、李四光一批人。當時直接衝突的是陳西瀅與周氏兄弟，其中因女師大的風潮，學生反對校長楊蔭榆女士，鬧得很厲害。一部分教員如周作人、魯迅們支持學生，而陳西瀅及一、二個現代評論派的人則支持楊蔭榆，這就引起兩方面的衝突，楊蔭榆後來還動用員警，所以很難得學界的同情。這個學潮結束是產生另外一個女子大學，就是以後的「北平大學女子文理學院」。這些雖是幾個人的意見衝突，但也正表現兩個刊物的態度。《現代評論》比較承認現狀，對社會政治就現狀去求改進，《語絲》則是破壞的精神，因此《現代評論》上多有改良意見，《語絲》對於社會政治則多在指出病症，而不開具體的藥方。前者較有積極的建議，後者則多是消極的批評。這兩個刊物對思想界影響很大，雖都不是文藝刊物，但也都發表散文、短篇小說與小詩等。

《晨報副刊》於孫伏園離職後，由徐志摩編輯，更加強於文學的介紹與創作的提倡，後來還出版《詩刊》與《劇刊》。《劇刊》由余上沅、趙太侔、熊佛西一批人來編，那時候北京國立藝術專科學校加了戲劇系，余、趙、熊，都是戲劇系的教授。

《晨報》是梁啟超以來研究系的報紙，《現代評論》也是這個系統，所以可以說是一個幫派的。《京報》則比較前進，後來他們總主筆邵飄萍就是被軍閥所捕而處死。它的副刊由孫伏園主編與《語絲》是一個幫派。活躍一點的北大教授不是屬於前者，就是屬於後者，學生也是有的同情前者，有的同情後者。

一九二四年左右，由魯迅領導，出版《莽原週刊》，後改半月刊，後又演變為未名社，出版過兩個叢書：一個是《未名叢書》，一個是《烏合叢書》。前者是介紹西洋文學的翻譯叢書，後者則是編收創作的叢書。

這些刊物中，出現不少的作家，也介紹了不少西洋的各方面的思想。關於新學說思想與新文藝的書籍也已經有了市場。

這短短的一個自由思想蓬勃的時期，文學上的確一度出現了熱鬧燦爛的現象。而大致說來，各種的發展，似也逐漸走上了正路。

以詩歌來說，文學上舊形式的擺脫，我以為只有三條路：一是向古典作者摸索，二是向民間追尋，三是容納國外的風格。現在我們這裡出現的正有這三種。而在這些探尋中，有兩件事可說是反《新青年》所構想的所謂「白話」詩。一是韻律的要求，二是格式的要求。如徐志摩及其追隨者，他們要用英文的詩律來寫中國詩，如把十四行Sonnet，譯成商籟體，用中文來摹仿它的格律韻腳。如劉大白與沈玄廬，他們摸索古詩詞與民歌的節奏韻律來運用。

我想，這裡很可以使我們想到，這些摸索，有許多人並不滿意。那些初期互相吹捧認為有點成就的白話詩人，如沈尹默、郁達夫、周作人、魯迅、郭沫若、劉半農、俞平伯等，後來都回到寫舊詩詞的路上；而我們也馬上可以發現，他們後來用舊詩詞形式的作者，都比他們的白話詩好。另外一些人，如朱自清、王統照、冰心之類，以後也沒有興趣寫白話詩，而用散文的形式來抒寫他們要表現的「內容」了。這也可以證明，初期的那些白話詩只是一種失敗的嘗試，而他們所要寫的不是用舊詩詞就可以表現的，就是用散文就可以表現的。事實上，現代的生活的感受越來越複雜豐富，有許多情感思致絕對不是舊詩詞形式所能容的，我們還是要求新詩。

現在，在這個階段上，我所說文學蛻變的三條源泉，已經都有人在探索。在這一點講來，這正是一條非常健康而正常的途徑，而且也的確有了一定的業績。

散文則是最平順與健康，發展出白話文形式的各種文體與風格。這原因，我覺得周作人在《新文學大系》上寫的現代散文導論中說得最透徹，我現在引幾段在這裡，作我的詮釋：

……在這個情形之下，現在的文學——現在只就散文說——與明代的有些相像，正是不足怪的。雖然沒有模仿，或者也還很少有人去讀明文，又因時代的關係在文字上很有歐化的地方，思想上也自然要比四百年前有了明顯的改變。現代的散文好像是一條湮沒在沙土下的河水，多少年後又在下流被掘了出來，這是一條古河，卻又是新的。

我也看見有些純粹口語體的文章，在受過新式中學教育的學生手裡寫得很是細膩流麗，覺得有造成新文體的可能，使小說戲劇有一種新發展。但是在論文——不，或者說不如小品文，不專說理敘事而以抒情分子為主的，有人稱他為絮語過的那種散文上，我想必須有澀味與簡單味，這才耐讀，所以他的文辭還得變化一點。以口語為基本，再加上歐化語、古文、方言等分子，雜糅調和，適宜地安排起來，有知識與趣味的兩重的統制，才可以造出有雅致的俗語文來。我說雅，這只是說自然，大方的風度，並不要禁忌什麼字句，或者裝出鄉紳的架子。……

這兩段話正可以說明散文的藝術境界是已經從「明白如話」的口語體，發展到「雅致的俗語」來了。他又說：

……我常常說現今的散文小品並非五四以後的新的產品，實在是「古已有之」，不過現今重新發達起來罷了。……

……現在的小文宋末明清人之作在文字上固然有點不同，但風致實是一致，或者又加上一點西洋影響，使他有一種新氣息而已。

我上面談到文藝的蛻變，往往是賴「復古」、「民間淵源的探索」和「外來形式的引援」。我現在可以加一句，最後的成就往往是三者的融匯與糅合。散文可以說是最早找到融匯糅合的路，而又因為每個作家的氣質與修養不同，在融匯糅合變化裡產生了各種不同的風格。

戲劇——舊戲劇在《新青年》時代，是被認為同舊文學一樣應該徹底打倒才對，我上面曾經舉了錢玄同與周作人的論證，他們認為中國舊劇形式既無可取，內容又是落後。當時只有一個宋春舫，他主張保存國劇，他說：「激烈派主張改革戲劇，以為吾國舊劇，腳本惡劣，於文學上無絲毫之價值，於社會亦無移風易俗之能力。加以刺耳取厭之鑼鼓，赤身露體之對打，劇場之建築，既不脫中古氣象；有時佈景，則類東施效顰，反足阻礙美術之進化，非摒棄一切，專用白話體裁之劇本，中國戲劇亦無進步之一日。主張此種論說者，大抵對於吾國戲劇毫無門徑，又受歐美物質文明之感觸，遂致因噎廢食，創言破壞。不知白話劇不能獨立，必待歌劇以為後盾，世界各國皆然，吾國寧能免乎……」

他的見解可以說是很傑出的，因為他是一位很早研究戲劇的人。但當時在文學革命時期，這種言論，很難取得青年志士們的同情。

一九二一年五月，有沈雁冰、鄭振鐸、陳大悲、歐陽予倩、汪仲賢、徐半梅、張聿光、柯一岑、陸冰心、沈冰血、滕若渠、熊佛西、張靜廬等十三人，組織一個民眾戲劇社。他們的宣言中有這樣的話：「蕭伯納曾說：『戲劇是宣傳主義的地方』；這話不一定是，但我們至少可以說一句：『當看戲是消閒的時代，現在已經過去了』。戲院在現在社會中，確是占重要的地位，是推動社會使前進的一個輪子，又是搜尋社會病根的X光鏡，又是一塊正直無私的反射鏡，一國人民程度的高低，也赤裸裸地在這面大鏡子裡反照出來，不得一毫遁形……，」

這種說法，正是當時反對鴛鴦蝴蝶派文學，說：「以文學為遊戲的時代已經過去了」的話是一致的。同時也正是承繼《新青年》時代這種要以戲劇為改良社會，又所以特別提倡易卜生一樣。他們一點沒有藝術的覺醒。

同文學上有鴛鴦蝴蝶派一樣，在所謂話劇運動以前，有一種文明戲。文明戲，本來就是話劇，也即是從日本學來的新劇。第一個劇社就是春柳社，裡面有唐肯、曾延年、李叔同（弘一法師）。歐陽予倩看了他們演《茶花女》也加入了春柳社。當時的《茶花女》演出是日本新派名優藤澤淺二郎指導的。歐陽予倩加入後，曾演出《黑奴籲天錄》。後來到了上海，春柳社一度活躍，但慢慢模仿的人越來越多，素質越來越低，就變成「文明戲」一派。這種文明戲的演出後來連劇本都不用了，他們用一個幕表，演員出場隨便照故事變化，有的即興演說，有的對觀眾開玩笑種種。而職業的戲子生活都很腐化，毫不求藝術上的進步。

因為這種職業的戲子的墮落，話劇運動者就先要反對文明戲。因此，後來有陳大悲等提倡愛美劇，愛美就是Amateur的音譯，由業餘的愛好戲劇的人來做戲劇運動。

在反文明戲的話劇運動中，上海有歐陽予倩、洪深等的努力，他們成立了戲劇協社。後來又有田漢組織南國社，他們寫劇本演戲，引起許多學校的回應。但也僅能在愛好戲劇的學生群中，贏得一些同情者，並不能獲得社會多方面的支持。

京戲——皮黃戲——始終是擁有最大的觀眾。上海那時候興起一種機關佈景戲，演的是濟公活佛之類，也為大眾所歡迎。「看戲」這事情，當然還是為「消遣」為「娛樂」。不同的戲種，同時並存也是各國的常例，而低級通俗的滑稽刺激色情的戲也原是任何時代任何地方都存在的。因此，作藝術的話劇原沒有一定要打倒別的戲種才可以存在。但是，當時這些話劇運動者，把道德的要求放在前面，總是先要反對認為不夠高尚的戲種。

一九二二年浦伯英在北京創辦了「人藝戲劇專門學校」。他也是當時一個戲劇作家。

他希望由他的學生產生一群職業的戲劇工作者。他認為這是與所謂職業的文明戲是不同的。他說：「營業性的戲院是院主把演員當豬仔，指著他身上賺錢；職業的戲劇，是演員以專精的藝術得生活上的報酬，即以生活上的報酬助長他藝術的專程，兩件事截然不同的。」其實這話並不能自圓其說，職業性的劇社目的自然也要營利，而演員也是要為生活，而也只有演員與戲劇工作者發揮他們藝術的才能，才可以贏得觀眾，也才可以營利，也才可以生活。在這方面講二者並無不同。所不同的則是精神，如「院主」（資方）的經營有點文化的藝術的良心，而演員們有點戲劇的藝術的認識與愛好。人藝戲劇學校的存在為時不久，但也造就了以後在戲劇活躍的不少人才。

一九二五年，北京藝術專門學校成立戲劇系，由趙太侔、余上沅、聞一多、熊佛西等主持；他們還在《晨報副刊》上開闢了一個園地叫做《劇刊》與徐志摩的《詩刊》並存。

余上沅當時提倡國劇運動，他在序文裡談到中國初期的戲劇運動，說：

新文明運動期的黎明，易卜生給旗鼓喧囂的介紹到中國來了。固然西洋戲劇的復興，最得力處，仍是易卜生的介紹，可是在中國又迷入了歧途。我們只見他在小處下手，卻不見他在大處著眼。中國戲劇界和西洋當初一樣，依然兜了一個畫在表面上的圈子，政治問題，家庭問題，職業問題，煙酒問題，各種問題，做了戲劇的目標；演說家、雄辯家、傳教家，一個個跳上臺去，讀他們的辭章，講他們的道德，藝術人生，因果倒置，結果是生活愈變愈複雜戲劇愈變愈繁瑣。問題不存在了，戲劇也隨之而不存在。通性既失，這些戲劇便不成為藝術。……

余上沅的話，也可說是從功利的觀念回到藝術的觀念，正如周作人從初期的功利的觀念回到文學的觀念一樣。他對中國舊劇也有新的說法，他說：

中國的戲劇，是完完全全和國畫雕刻以及書法一樣，他的舞臺藝術，正可以和書法相比擬著，簡單一點說，中國全部藝術，可以用下面幾個字來形容：——它是寫意的、非模擬的、形而外的、動力的和有節奏的。如果一個人不曉得賞鑒中國的山水畫，靜物畫，他對於中國的戲劇，一定不能發生什麼反應。這兩種藝術的形式是我們日常生活裡，所沒有的，它是非實在的，但確實它也都能夠給我們以歡樂和靈感。因為它的目的，不在於記錄一段事蹟，攝取一個景象，它只是要表現一些日常生活中可有可無的現象……臉譜臺步做工等是不可缺少的，如果沒有這些東西，優伶的表演也就淡而無味了。……

余上沅這些話也正是可代表當初《新青年》時代反舊劇的一批人，他們重新回到愛護舊劇上來了。那時候，對於京戲，大概有幾種態度：

（一）極端反對，打倒舊劇。

（二）任其作為一種歷史形式而存在。

（三）因為內容宣傳舊思想舊道德，所以應該改良其內容。

（四）舊劇應該保留，但太不合時代的劇碼可以選棄不演。

《新青年》時代，所謂新文化運動的人，都是第一類的態度。現在則演變成為二、三、四，三種態度。

當時這些戲劇運動者，有一種建立一個小劇院的理想，就是希望可以有一個真正可以讓戲劇工作者專心公演話劇的小劇院。北京藝專（後來改為北平大學藝術專科學校）第一屆畢業生，曾由熊佛西帶領，擬作全國巡迴演出，希望可以用其收入充作小劇院的建立，可是一到天津就無法支持下去。這正可以證明話劇始終是無法獲得社會觀眾之支持。以後電影發展，這些話劇的人員，多數都轉到電影圈子裡去了。

我們重述這些情形，是指明當時文學界的蓬勃氣象，極有百花齊放百家爭鳴的現象。為人生也好，為藝術也好，都有人在努力。抱太功利觀念的人重新回到藝術上來，對於舊有的文化遺產也有比較冷靜的批判與接受。我認為，如果這情形可以多繼續十年十五年，那麼無論寫實主義或浪漫主義，無論人生派或藝術派一定都會產生更結實更闊大更壯碩的作品，但不幸的是這情形為時很短。

到了一九二六年，南方革命膨脹，上海出現了革命文學。北方軍閥開始對文化界思想界加強壓力。當時段祺瑞的政府開出五十幾位教授與知識份子的黑名單，許多學生被捕入獄。未名社因為出版一本韋素園與李霽野合譯的《文學與革命》（L. Trosky），許多人被捕，後來證明裡面與中國政治毫無關係，才得釋放。由於奉系軍閥的高壓手段，北京一時成為恐怖世界，知識份子紛紛南下。《語絲》也搬到上海，《現代評論》同人也有人到上海，在上海後來成立新月社。但是《晨報》副刊於一九二八年才因《晨報》社歇業而停刊。《晨報》之所以停刊，因為北伐國民軍已經到北京，那時候，研究系與國民黨尚未契合，所以就無法立足了。

這個變化，使以後新文化新文藝運動的重心轉移到了上海。上海因為有租界的關係，言論較為自由，同時，上海是工商業發達的社會，出版業也較易發展，也因此而產生了一群職業的文化人與作家。

革命文學的論戰

在《新青年》時代，蔣光慈已經在《新青年》上有文章談到革命文學，後來惲代英、瞿秋白、鄧中夏等也在《中國青年》發表了一些宣揚革命文學的文章，但是，引起文壇風浪的則是一九二五年以後的事。

如果文藝要有內容，它不外是對現狀不滿，也就是所謂「不平則鳴」。無論怎麼說為藝術而藝術，文學總是人生的反映，再根本一點說，文字本身，語言本身也正是從人生來的。一個文學家在文學中所寫的總不外對人生的感受——無論是感觸感慨與感覺。他通過文字來表達的時候，也正是表示他對現狀的不滿。所謂現狀，也就是自己的處境，在本身上講，可能是生理的、心理的；在環境上講，可能是傳統的、家庭的、婚姻的。從大的環境裡，自然有對社會、對經濟制度、對政治現狀，以及對大自然、對命運，甚至對上蒼都可以不滿。這些不滿都可以寫成文學。歷史上也有所謂歌頌文學，那是歌頌現狀的，但是在歌頌之中，也一定要牽涉到對於過去的不滿，才顯現狀的優異。——而事實上，這種歌頌文學，往往是御用文學，談不到什麼文學價值的。

在中國當時的文學作家中，所謂人生派（以文學研究會為代表）既以批評人生為使命，自然是對人生不滿的；而藝術派（以創造社為代表）則牢騷哀怨，暴露自我，感慨憤怒也正是對於現狀的不滿。對於現狀的不滿，要求一個出路，這似乎是一個共同的要求。

茅盾在《新文學大系》的史料索引有關於文學研究會的性質一篇文章，他說：

> 五四運動反封建色彩是明明白白的，但是「反」了以後應當建設怎麼樣一個新文化呢？這問題在當時並沒有確定的回答，不是沒有人試作回答，而是沒有人提案能得普遍一致的擁護的時候。參加「反封建」運動的人們並不是屬於同一社會階層，因而到了問題是「將來如何」的時候，意見也就分歧了。然而也不是沒有比較最有勢力的意見，這就是所謂「只問病源，不開藥方」，這是對於將來如何問題的一個態度——或者可以說是躲避正面答覆的一種態度，這是代表了最大多數的比上不足比下有餘的知識者的意識的，同時這意識當然也反映到文藝的領域……

作為一個作家，一個文學家，「只問病源，不開藥方」這個態度原沒有什麼不對。「問題小說」，也就是成立在這點上。要開藥方，可能是社會學家、經濟學家、政治學家的責任。而即是文學研究會那些作家在作品中一般所歌頌的所提供的「愛」、「美」，雖不是藥方，也總算是指出了「病因」。而這空洞的「愛」與「美」，則正可由於作者的信仰來填補。基督教有基督教的「愛」與「美」，佛教有佛教的「愛」與「美」，儒家有儒家的「愛」與「美」……茅盾寫那篇文章的時候，他的思想已經是「共產主義」了，他的所謂藥方應當是無產階級革命了。

革命文學的興起，是把所有人生問題的解決，都放在「革命」身上。這也就是說，任何不滿的現狀，只有「革命」可以解決，而「革命」是唯一的辦法，而且是萬能的辦法。

這個革命的信仰，當時正如五四運動時的「新」的要求，是一種狂瀾的思潮，這原因當然不是偶然的。

第一是北伐的醞釀，國民黨於一九二四年與共產黨合作，孫中山先生宣佈了容共聯俄與扶植工農三大政策，第二是蘇聯的革命的成就，以及列寧對於中國的友誼的姿態，第三是日本思想學術界的左傾。

蘇聯在大革命後一度陷於困難不安。在一九二四年，已經由於列寧的新經濟政策的實施，而處於安定。關於馬克思主義的藝術與文學理論書籍，風起雲湧的出版，而日本最先盡介紹翻譯之功。當時在日本的留學生就得風氣之先，他們很快與中國北伐的革命力量在上海出現了。適值一九二五年上海發生「五卅慘案」，在人民憤怒激情之中，革命的呼聲，自然很容易被年輕人們所接受。

一九二五年九月，創造社出版了《洪水半月刊》，郭沫若、成仿吾等就開始轉變，他們發表很多提倡革命文學的文章。在郭沫若的〈文藝家的覺悟〉文章中，他說：

> 在現代社會沒有什麼個性，沒有什麼自由可講。講什麼個性，講什麼自由的人，可以說就是在替第四階級說話。……要人人能徹底主張自己的個性，人人能夠徹底主張自己的自由，這在有產社會是不能辦到的。那麼，朋友，你既是有反抗精神的人，那自然和我走在一道，我們只得暫時犧牲了自己的個性、自由，去為大眾人的個性與自由請命了。

這也正是他自己的「覺悟」。他正是在浪漫主義時所要求「個性」「自由」的精神，現在為大眾請命起來。

接著，有新從日本回國的一些年輕朋友，如李初梨、彭康、馮乃超等，他們正是從日本左傾文化中獲得了一些社會科學方面的理論，參加了創造社，成為革命文學的生力軍。

另外一方面，有從創造社分裂出去的蔣光慈、錢杏村等所成立了「太陽社」，於一九二八年出版了《太陽月刊》，一九三〇年又出版《拓荒者》。他們對於創造社不滿，認為他們「口頭上高喊，勞動階級文學，而行動上、文學上處處暴露英雄主義的文藝組織。」而太陽社則是一個公開的文學團體，真正主張革命文學，而不用說，蔣光慈是最早在《新青年》上提倡革命文學無產階級文學的，所以應該是正宗的革命文學。

就在那個時候，北京的文化人因段祺瑞政府對教育界、文化界發動高壓手段，許多作家與文化人紛紛南下。其中魯迅於一九二六年曾匿居於北京外國醫院數月，八月底應林語堂之邀到廈門大學教書，一九二七年一月到廣州中山大學，一九二七年便到了上海，這正是革命文學熱鬧的時期，他就與創造社、太陽社正面的起了衝突。

我們可以相信魯迅到了革命策源地廣東以後，他的思想自然是傾向革命的，但是到了上海，反而受到了創造社與太陽社一批人的歧視，齊聲的稱說「阿Q時代已經過去了。」所以這爭論就起於人事與行幫的糾紛。

照說，文學研究會是要解決人生問題的，如果革命是解決一切人生問題的萬靈藥，那麼革命文學應當由文學研究會提出才對。現在先被創造社提出了。如果文學研究會另外提出一個答案也好，但是並沒有，因此他們所能說就是「你們的不是真革命文學」。魯迅的說法也正是如此，他說創造社一批人口裡叫革命文學，行為則是毫不革命。他說：

……我以為根本問題是作者可是一個「革命人」。倘是，則無論寫的是什麼事件，用的是什麼材料，即都是革命文學。從噴泉裡出來都是水，從血管裡出來的都是血。「賦得革命，五言八韻」，是只能騙騙盲試官的。

第二點，他認為創造社掛的只是一個空招牌，而沒有「文學」，他說：

……但我以為當先求內容的充實與技巧的上達，不必忙於掛招牌。……一切文藝固是宣傳，而一切宣傳卻並非全是文藝，這正如一切花皆有色（我將白也算作色），而凡顏色未必都是花一樣。革命之所以於口號、標語、佈告，電報、教科書之外，要用文藝者，就因為它是文藝。

又說：

但中國之所謂革命文學，似乎又作別論，招牌是掛了，卻只是吹噓同夥的文章，而對於目前的暴力則不敢正視，作品雖有些發表了，而往往是拙劣到連報章記事都不如……

這次論戰，可以說是從一九二七年正式開始，一直到一九三〇年。參加的刊物有創造社的《洪水》、《創造月刊》、《文化批判》；文學研究會的《小說月報》、《文學週報》；語絲社的《語絲》；北新書局的《北新》；春野書店的《太陽月刊》；新月書店的《新月月刊》；以及《樂群月刊》、《現代文化》、《文化戰線》、《流沙》、《戈壁》等許多刊物。到後來，所爭的早已不是文學的主張，而成了人身的攻擊。

其中突出的倒是《新月月刊》。在那裡出現了梁實秋的少數論——他說：

一切的文明，都是極少數天才的創造。科學、藝術、文學、宗教哲學文字，以及政治思想，社會制度都是少數的聰明才智過人的人產生出來的。」人性論——「偉大的文學乃是基於普遍的人性。」文學獨立論——「文學家對於民眾不負什麼責任與義務，更不曾負著什麼改良生活的擔子，文學家的創造並不受什麼外在拘束，文學家心目中當然並不含固定的階級觀念，更不含有為某一階級謀利益的成見，文學永久不失掉它的獨立的。」

梁實秋所秉承的是西洋正統的文學思想，這類思想，老實說，是早該在五四運動時介紹到中國來的。《新青年》上，周作人所提倡「人」的文學，所謂人本主義，向內深究一步也就是人性論，向外走出一步，那也就是「對於人生問題的記錄與研究」了。但是當中國要以文藝來「救國」來「改良人生」之時，文藝已經與社會學、政治學打成一片，「文藝」就無法一再謀獨立。不過，這幾個問題，以後一直是中國文藝界常常論到的問題。當時所謂革命文藝，反對「少數論」的有兩方面的意思，一是文藝的內容應該寫大眾的喜怒哀樂，不是寫個人的喜怒哀樂，這是內容問題，二是文藝應當為大眾所欣賞的文藝，而不是少數人的，那麼這是文藝大眾化的文藝。梁實秋認為文藝的偉大並不在題材的大小，寫帝國主義鐵蹄下的弱小民族同寫失戀的痛苦春花秋月的感慨，只要你是深入到了人性，都可以是偉大的文學。他說：「創作的材料是個人特殊的經驗抑是一般人共同的生活，沒有關係，只要你寫得深刻，寫的是人性，便是文學。」他所接觸的是第一個問題。

梁實秋接著又說：「鑒賞文學，不是像飲食男女等等那樣，不是人人都有的一種能力。真正能鑒賞文學，也是一種很稀有的幸福，這幸福不是某一階級所能壟斷，貧賤階級與富貴階級都有少數有文學品味的人，也都有一大半不能鑒賞文學的人，所以就文學作品與讀者關係上言，我們看不見階級的界限。」

這種說法，在國家富庶，人民平等，大家生活安定，豐衣足食的社會中可以說得過去。但是在貧富懸殊，窮人連普通教育都受不到的社會中，是很容易被駁倒的。如果一個階級壟斷了「生活」壟斷了「知識」，壟斷了「閒暇」，壟斷了「教育」，怎麼不會壟斷了「鑒賞文學」，如果一個人要為生活勞動十四小時，還有什麼時間與閒情別緒去「鑑賞」文學？關於文學內容問題也是一樣，如果你寫的生活是多數人的生活，自然大家都可以瞭解欣賞，如果你寫的生活是少數富貴家庭的生活，吃的是燕窩木耳，穿的是錦繡綾羅，那麼大眾連這些東西的名稱都沒有聽說過，你從這些生活中所產生的「喜怒哀樂」，大眾怎麼能夠欣賞。

這種論爭，一直拖到左聯成立以後，那時魯迅已經是左聯的成員，他批評梁實秋的《人性論》說：

……文學不藉人，也無表示「性」，一用人，而且還在階級社會裡，卻斷不能免掉所屬的階級性，無需加以束縛，實乃出於必然。自然，「喜怒哀樂，人之情也。」然而窮人決無開交易所折本的懊惱，煤油大王那會知道北京撿煤渣老婆子身受的酸辛，饑區的災民，大約總不去種蘭花，像闊人的老太爺一樣，賈府上焦大，也不愛林妹妹的……倘若以表現最普遍的人性的文學為至高，則表現最普遍的動物性——營養，呼吸，運動，生殖——的文學，或者除去運動，表現生物性的文學，必當更在其上。倘若我是人，所以表現人性為限，那麼，無產者就因為是無產階級，所以要無產文學。

在梁實秋與魯迅的爭論中，我們也不難看出中國當時的思想界似乎也正有殖民地的陰影的影響。魯迅以及許多提倡革命的人，可以說儘先受到了當時在日本風行的馬克思學說與思想的影響，而梁實秋則是美國留學生，而讀的是英國文學，其思想所以始終是當時英美傳統的格局。

日本思想界的左傾，使馬克思學說風行一時，但後來因政治的動盪，軍部的壓迫，以及希特勒在歐洲的成功，慢慢地變成法西斯的氣候。而中國，因為國共分裂後清黨運動，共產黨轉入地下，在文化界的活躍加強，革命文學就很快地成為文學的主流，而左翼作家聯盟也遂即成立了。

左翼作家聯盟及其性質

說現實主義文學是反映人生，這當然是不錯的，我們也不妨說，文學一定是反映人生的。但現在進一步說還要改進人生。

人生不美滿，我們文學家體驗到而表現出來，或者說揭露這種不美滿。這是第一步。如果這個文學家有進一步的觀察，深一層的揭發這些不美滿的成因。這是第二步。如果這個文學家有一種美滿的人生的理想，要說出如何避免或補救這些不美滿。這是第三步。

這個「理想」，自然要有思想——宗教的、哲學的、政治學的、社會學的——作為根據，也就是說，他有自由，可以他的信仰作為改良人生的方案。這是第四步。

一個文學家，當然可以有他的政治思想或政治信仰，他把它作為改良人生的方案，這當然是他的自由。那麼他的文學作品，如果真是要改良人生，那麼他就該宣揚他的主張，這也是很自然的事情。

把文學為作家自己的政治主張服務，就可進出為政治手段服務。革命有一個政治理想，革命又是一種政治手段。如果革命者組成一個政治組織，那麼為政治理想服務的文學，也就很容易或很自然的應該為這政治組織服務了。如果承認革命要有正確的領導，而又承認一個政治組織——或者自己說是革命的政黨——是革命的正確的領導，那麼文學不就應該為這個領導服務了嗎？

而中國的問題，中國人個人的問題，如果要徹底解決，是除了革命以外，沒有第二個出路。這也正是革命文學一時形成了文壇的主流。文學青年之傾向於革命文學正如《新青年》時代青年之傾向於新文化。

而就在革命文學家為革命文學問題而紛爭時候，站在政治工作上來看，覺得這些革命文學家所爭所論的多是文人相輕，派系紛爭而已。這正是力量的抵消與浪費。如果追隨革命的黨中心的領導，這力量的團結不正是革命的力量嗎？

就是這樣，文壇上出現一篇〈革命與知識階級〉的文章，作者署名「畫室」，實際上就是馮雪峰。他說：

……創造社改變了方向，傾向到革命來，這是十分好的事，但他們沒有改變向來的狹小的團體主義的精神，這卻是十分要不得的，一本大雜誌有半本攻擊魯迅的文章，在別的許多地方是大書著「創造社」字樣，而這只是為要抬出創造社來。對於魯迅的攻擊，在革命的現階段的態度上既是可不必，而創造社諸人及其他等的攻擊方法，還含有別的危險性，革命現在對於知識份子的要求，是至少使知識階級承認革命，但魯迅言行裡完全找不出詆毀革命的痕跡來，他至多嘲笑了革命文學的運動，（他也沒有嘲笑革命文學本身）嘲笑了追隨者中的個人的言行，而一定要說他這是詆毀革命，「中傷」革命，這對於革命是有利的嗎？而且不是可笑的嗎？對於一切的惡言詆毀者，為防禦起見，革命要毫無猶豫地擊死他們，革命也正不必遮瞞一切，但將不是詆毀革命者強要當作詆毀者，只是有害處而沒有益處的。

革命有給知識階級的革命追隨者以極少限度的閒暇，使他們多多滲透革命的策略與革命的精神的必要。

在畫室這篇文章中，我們不難看出他是負有使命來執行團結的策略的，而要求追隨革命的人士多多滲透革命的策略與革命的精神。我們無須知道他們如何奔走與聯絡，總之，他們在一九三〇年二月二十六日，先開了一個討論會，一方面是「清算過去」，一方面是「確立目前文學運動的任務」。

清算過去，他們承認錯誤要求指正的是：

（一）小集團主義乃至個人主義。

（二）沒有應用科學的文藝批評的態度和方法來進行批評。

（三）對於真正的敵人——反動思想集團和普遍全國的遺老遺少——沒有予以足夠的注意。

（四）把文學提得太高，而忘卻了文學的促進政治運動的任務，成為「為文學而文學」的運動。

目前文學的任務，大家認為最重要的有下列三點：

（一）嚴厲地破壞舊社會及其一切思想的表現。

（二）宣傳新社會的理想和促進新社會的產生。

（三）建立新的文藝理論。

最後大家認為有團結所有革命作家來從事這個運動的必要，成立了一個組織全國左翼作家聯盟的籌備委員會，負責進行左翼作家聯盟的籌備工作。

在這裡我們很清楚地可以看出所謂小集團主義乃至個人主義是創造社、太陽社、魯迅、茅盾等彼此承認錯誤。所謂沒有用科學的文藝批評態度和方法來進行批評的是他們彼此謾罵種種並沒有正確地用馬克思主義的文藝理論來批評對方。對於真正的敵人沒有足夠的注意，是指出大家互相攻訐的實在都是贊成以文學作為革命武器的同志。

至於目前的任務一項，則是很清楚地指出要以文學為戰鬥的與宣傳的武器了。

於是到了三月二日，中國左翼作家聯盟正式宣告成立，參加聯盟的有魯迅、茅盾、郁達夫、蔣光慈、錢杏村、田漢、馮乃超、李初梨、柔石、沈端先、馮雪峰等五十餘人。大會通過了籌備會擬定的綱領，成立常務委員會，通過了成立：

一、馬克思主義文藝理論研究會

二、國際文化研究會

三、文藝大眾化研究會

另外議決案是：促進左翼文藝的國際關係。發動左翼藝術大同盟的組織。確定各左翼雜誌的計畫。

下面就是大會的理論綱領：

> 社會變革期中的藝術，不是極端凝結為保守的要素，變成擁護頑固的統治之工具，即傾向進步的方向勇往邁進，作為解放鬥爭的武器。也只有和歷史的進行取同樣的步伐，藝術才能夠煥發它的明耀的光芒。
>
> 詩人如果是預言者，藝術家如果是人類的導師，他們不能不站在歷史的前線，為人類社會的進化，清除愚昧頑固的保守勢力，負起解放鬥爭的使命。

然而，我們並不抽象地理解歷史的進行和社會發展的真相。我們知道帝國主義的資本主義制度已經變成人類進化的桎梏，而其「掘墓人」的無產階級負起其歷史的使命，在這「必然的王國」中作人類最後的同胞戰爭——階級鬥爭，以求人類徹底的解放。

那麼，我們不能不站在無產階級的解放鬥爭的戰線上，攻破一切反動的保守的要素，而發展被壓迫的進步的要素，這是當然的結論。

我們的藝術不能不呈獻給「勝利，不然就死」的血腥的鬥爭。

後來，在一九三一年十一月左聯的執行委員會所決議的「中國無產階級革命文學的新任務」中共有六點：

一、對於過去的批判

……在國際革命作家聯盟第二次大會的根本精神正確指導之下，向新時期作第一步邁進的中國左翼作家聯盟，首先必須嚴厲檢查自己的陣容，無情地對於右傾機會主義及左傾空談作兩條線上的鬥爭，特別是對於右傾的鬥爭。這種鬥爭，雖然早經開始，但今必須不斷地努力加緊，然後可以保證中國無產階級革命文學向新時期進展的勝利和成功。

二、新的任務

（一）在文學領域內，加緊反帝國主義的工作，加緊反對帝國主義戰爭，特別是進攻蘇聯與瓜分中國的帝國主義戰爭的工作。

（二）在文學的領域內，加緊反對豪紳地主資產階級軍閥國民黨的政權；反對軍閥混戰，特別是進攻×××軍的戰爭。

（三）在文學的領域內，宣傳蘇維埃革命以及煽動與組織蘇維埃政權的一切鬥爭。

（四）組織工農兵通信員運動，壁報運動，及其他的工人農民的文化組織，並由此促進無產階級出身的作家與指導者的產生，擴大無產階級革命文學在工農大眾間的影響。

（五）參加共產黨政權下面及非共產黨區域內一切勞苦大眾的文化教育工作，幫助工農勞苦大眾日常經濟的政治的鬥爭之文學上的宣傳與鼓勵。

（六）反對民族主義，法西斯主義，取消派，以及一切反革命思想和文學，反對統治階級文化上的恐怖手段與欺騙政策。

三、大眾化問題的意義

……大眾化的問題，以前亦曾一再提起，但目前我們要切實指出……文學大眾化問題在目前意義之重大，尚不僅在它包含了中國無產階級革命文學目前重要的一些任務，如工農兵、通信員任務等等，而尤在此問題之解決實為完成一切新任務所必要的道路。在創作、批評和目前其他諸問題，乃至組織問題，今後必須正確執行徹底的大眾化，而絕不容許再停留在過去所提起的那種模糊忽視的意義中，只有通過大眾化路線即實現了運動與組織的大眾化、作品、批評以及其他一切的大眾化，才能完成我們當前的反帝反國民黨的共產黨革命的任務，才能創造出真正的中國無產階級的文學。而這個問題的解決，又不得不求之於今後一切具體工作正確的進行。

四、創作問題——題材方法及形式

第一，作家必須注意中國現實社會生活中廣大的題材，尤其是那些最能完成目前新任務的題材。……現在必須將那些「身邊瑣事」的，小資產知識份子式的「革命的興奮和幻滅」「戀愛和革命的衝突」之類等等定型觀念的虛偽題材拋去。

第二，在做法上，作家必須從無產階級的觀點，從無產階級的世界觀來觀察，來描寫。作家必須成為一個唯物的辯證法論者。中國無產階級革命文學的作家、指導者及批評家，必須現在開始這方面艱苦勤勞的學習，必須研究馬克思列寧主義、研究一切偉大的文學遺產、研究蘇聯及其他國家的無產階級的文學作品及理論和批評。同時，要和到現在為止的那些觀念論、機械論、主觀論、浪漫主義、粉飾主義、假的客觀主義、標語口號主義的方法及文學批評鬥爭（特別要和觀念論及浪漫主義爭鬥）。

第三，在形式方面，作品的文字組織，必須簡明易解、必須用工人農民所聽得懂以及他們所接近的語言文字；在必要時，容許使用方言。因此，作家必須排除知識份子式的句法，而去研究工農大眾語言的表現法，……其次，作品的體裁，也以簡單明瞭，容易為工農大眾所接受為原則……

五、理論鬥爭和批評

第一，必須即刻在大眾中開始理論鬥爭和批評的活動，去和經常不斷的欺騙民眾的各種宣傳鬥爭，去和那些把民眾麻醉在裡面幾乎不能拔出的封建意識的舊大眾文藝鬥爭，去和大眾自己的封建的、資產階級的、小資產階級的意識鬥爭，去和大眾的無知鬥爭；同時引起大眾批評文藝作品的興趣和習慣，要和每個研究會、讀書會、朗讀會都舉行批評和辯論，特別要由大眾的批評來克服我們的作家的小資產階級性，同路人性，以及落後性等。

第二，在現在這個文學文化上階級鬥爭最劇烈的時期，無產階級革命文學的理論家和批評家，必須是衝頭陣的最前線的戰士。對於敵人他是進攻衝鋒者，對於自己同志及群眾，是指揮者，又是組織者，在敵人的文藝領域，不僅是只注意到民族主義文學和新月派就夠，還必須注意到其他各種各樣的反動的現象和集團，也必須注意到那在各種遮掩下——「左」或灰色遮掩下的反動性和陰謀性。……

第三，無產階級革命文學的批評必須非常勤勉的注意自己的工作，必須經常的糾正同志作家的各種不好傾向，經常的給予作家的工作以忠告和建議。……他必須在任何鬥爭裡鍛鍊自己，成為一個始終堅決地站在無產階級立場上不屈不撓的鬥爭者，一方面，必須和過去主觀論左傾小兒病及觀念論機械主義的理論及批評鬥爭，要和同志們在理論鬥爭方面的怠工鬥爭，要和對於同志間的妥協調和態度鬥爭。

六、組織與紀律

無疑地是中國無產階級革命文學運動的幹部，是有一定而有一致的政治觀點的行動鬥爭的團體，而不是作家自由組合。……必須從通訊員文藝研究會等組織中選拔工農幹部到中國無產階級革命文學的領導機關裡面來！……其次，吸收革命的優秀青年文學者而施以嚴格訓練和教育亦是加強中國無產階級革命文學的領導機關的必要的方法。要加強左翼作家聯盟的領導，同時亦須嚴飭紀律，嚴密組織。在左聯內，不許有反綱領的行動，不許有不執行決議的行動，不許有小集團意識或傾向的存在，不許有超組織怠工的行動。但是，紀律問題，一面就是自我批判和同志教育的問題。現在必須將已經開始的一切方面的自我批判的鬥爭，以及兩條戰線上的鬥爭，毫不放鬆地繼續執行。

我所以把左聯這兩個檔比較詳細地引在這裡，因為我覺得這比我來說明左聯是一個什麼性質的團體要清楚詳細。從這裡，我們不難知道左聯已經是一個革命的地下組織，在最後執行委員會議決案第六項所說的不許有反綱領的行動等等。

一九三一年十一月是左聯成立一年零八個月，這一年間，國民黨對共產黨的壓迫再接再厲，共產黨對於左聯領導的加強或者正是配合他們抵抗國民黨的一種策略。但這反而使左聯的組織散漫起來。後來馮雪峰在《論民主革命的文藝運動》一書中，有很好的說明：

……不過一則受著當時分裂政局的直接的影響和當時特別險惡的情勢的壓制，客觀的困難很大，使一般不很堅定的進步分子和自由主義者發生動搖妥協和消沉的普通現象，甚至有不少人屈服於反動勢力了。二則由於這種困難，由於這種在一般文藝思想界存在的畏怯的現象，由於當時內戰的政治形勢的影響和險惡的壓制，反映到我們主觀上，我們便屢屢接受了機械唯物論的思想影響，對於中國社會關係和革命發展形勢便常有不正確的分析和理解。在我們所領導的文藝運動和理論上，當時便有著名的所謂宗派主義和關門主義了——由於以上兩種原因，這時期的文藝運動和思想鬥爭上的統一戰線，便大大地縮小……

這也就是說，一般作者對於左聯的性質慢慢起了反感與害怕。但是，可注意的是所謂宗派主義與關門主義。這種宗派主義與關門主義，馮雪峰所指的當是指當時蘇區的文藝領導人士的態度。在一九三一年十一月左聯執行委員會的決議中，在第四項創作問題——題材方法與形式中，特別否定了「革命的興奮和幻滅」與「戀愛和革命的衝突」。我們很清楚地可以知道前者是指茅盾的《蝕》，及以後許多模仿茅盾的這一類作品，後來則是指創造社、太陽社許多作家常用的題材。

那麼，所謂「左聯」所要的是什麼呢？是：

……文字組織必須簡明易解，必須用工人農民所聽得懂以及他們所接近的語言文字……作家必須排除知識份子式的句法，而去研究工農大眾語言的表現法。——共次，作品的體裁，也以簡單明瞭，容易為工農大眾所接受為原則。

這是一個新的標準，這標準現在很容易知道那是當時蘇區——共產黨統治下的邊區——對於文藝的要求。在那邊，文學作為向工農兵宣傳，大眾化要求是非常需要的，而文藝幹部，從政治工作實際經驗中產生作品，風格與趣味完全是不同的。

這也就是說，從邊區的黨政府來領導以上海為中心的左聯，其中有很多的矛盾，這矛盾的發展，我們以後還要談到。這裡指出來，是說，這個矛盾在一九三一年十一月時已經露出了端倪了。

關於反左聯的文學理論的幾種說法

左聯成立以後，一時聲勢頗為龐大，除作為左聯機關雜誌的《世界文化》外，盟員在各書店主持的有：《萌芽》、《拓荒者》、《現代小說》、《大眾文藝》、《世界文化》、《北斗》、《文學月報》、《新文藝講座》……

反對左聯的文學理論，除新月派的人性論外，另外有一批文藝界人士於一九三年六月，發起了民族主義文藝運動，他們發表了〈中國民族文藝運動宣言〉。在宣言裡，他們先說明中國文壇，一方面還有人保持殘餘的封建思想，一方面「那自命左翼的所謂無產階級的文藝運動只是那樣的囂張，把藝術囚在階級上。」於是他們說：「我們很明瞭，藝術作品在原始狀態裡不是從個人意識裡產生，而是從民族的立場所形成的生活意識裡產生的。在藝術作品所顯示的不僅是那藝術家的才能、技術、風格和形式，同時在藝術作品內顯示的也正是那藝術家所屬的民族產物。」因此，他們認為：「文藝的最高使命，是發揮他所屬的民族精神和意識。換句話說，文藝的最高意義，就是民族主義。」裡面的中堅分子有朱應鵬、王平陵、傅彥長、汪倜然、徐蔚南、陳抱一、施蟄存、吳頌皋……很明顯的，裡面大部分人士都是屬於國民黨的。

把文藝作為表現民族的精神與意識，原是有許多理論可發揮。但是在以國民黨的立場，用民族主義的號召，當時竟是無法與左聯革命的號召相對抗的，其原因是：國民黨既然標榜著三民主義——民族主義、民權主義、民生主義，那麼似應該也標榜著三民主義的文學才對。但是國民黨當時還在所謂訓政時期，他沒有還政於民，如果提倡民權，不正是反對自己的黨權？而當時的社會，則正是「朱門酒肉臭，路有凍死骨」的世界，一面是豪門巨富，一面則是餓殍遍野，提倡民生主義文學，也正是要打擊這現實的政治與社會，所以也無法提倡。不知是不是為此，而將三民主義縮成民族主義。

但是，不幸的是當時日本在中國東北已經在發動侵略，政府正是委曲求全的謀妥協求和平。如果是「民族主義的文學」應該也就是「抗日文學」了。但是政府對日本則要老百姓忍耐。

當時民族主義文學陣地上有兩個刊物，一個是《前鋒月刊》，一個是《文藝月刊》。這時，《前鋒月刊》上出現黃震遐的一個〈黃人之血〉長詩，這是寫成吉思汗的孫子拔都汗西征的故事，大家都知道蒙古民族，曾經侵入歐洲，被歐洲人稱為黃禍的，而拔都汗率兵就是打進俄國去的。

這首詩，就被認為是民族主義文學的標本，它並不反正在侵略中國的日本，而在反現在已是社會主義祖國的蘇聯。於是就遭了魯迅的抨擊，他說：

……是所謂「民族主義文學」。他們研究了世界各種人種的臉色，決定了顏色一致的人種，就得取同一的行為，所以黃色的無產階級不該和黃色的有產階級鬥爭，該和白色的無產階級鬥爭。他們想到了成吉思汗作為理想的標本，描寫他的孫子拔都汗，怎麼樣率領了許多黃色的民族，侵入俄羅斯，將他們的文化摧殘，貴族和平民都做了奴隸。中國跟蒙古的可汗去打仗，其實也不能算中國民族的光榮，但為了撲滅俄羅斯，他們不能不這樣做，因為我們的權力者，現在已經明白了古之俄羅斯，即今之蘇聯，他們的主義，是決不能增加自己的權力，財富和姨太太的了。然而，現在的拔都汗是誰呢？

後來，魯迅就說：「這些民族主義文學，只是以反蘇反共為目的，而對於日本帝國主義的佔領東北倒是歡迎的。」

國民黨的民族主義文學的號召，當時之不易為人所接受的也就在此。

對左聯的文學口號，提出異議的，另外有胡秋原的〈文藝自由論〉，胡秋原說：

我們是自由的知識階級，完全站在客觀的立場……無黨無派，我們的方法是唯物史觀，我們的態度是自由人的立場……文藝至死是自由的。……

藝術雖然不是至上，然而也絕不是至下的東西，——將藝術墮落到一種政治的留聲機，那是藝術的叛徒。……

文藝的最高目的在消滅人類間一切的隔閡。……

文化與藝術之發展，全靠各種意識互相競爭，才有萬華繚亂之趣，中國與歐洲文化發達於自由表現的先秦與希臘時代，而僵化於中心意識形成之時，用一種中心意識獨裁文壇，結果只有奴才奉命執筆而已。……

無論中國新文學運動以來的自然主義文學，趣味主義文學，浪漫主義文學，革命文學，小資產階級文學，普羅文學，民族文學以及最近民主文學，我覺得都不妨讓他存在，但也不主張只准某一種文學把住文壇。

我們在這裡很可以看出胡秋原的文學的獨立與自由思想，雖然他並沒有提出自己的文學思想，但是他說：「沒有高尚情思的文藝，根本傷於思想之虛偽的文藝，是很少存在的價值的，我永遠這樣相信。」這「高尚情思」是一種模糊的概念，說它是藝術的價值也可，說它是文學的本質也可。他再說：「藝術者，是思想情感形象之表現，而藝術之價值，則視其所含蓄的思想感情之高下而定。」

這裡，左翼的理論家就說：這「高下」是用什麼標準來定呢？「用貴族階級標準，用資產階級標準，還是用無產階級標準？」

胡秋原自認為是馬克思的唯物史觀的信徒，他一方面不否定階級革命的理論，一方面又想把文藝從政治的工具中救出來，這自然是不可能的事。他膺服蘇聯普列哈諾夫的文藝理論，而這理論是被列寧所否定的。

當時回應他的是蘇汶（戴杜衡）的〈第三種人〉的感慨，他說：

「在知識階級的自由人」和「不自由的，有黨派的」階級爭著文壇的霸權的時候，最苦的卻是兩種人以外的第三種人，這第三種人就是所謂作者之群，老實說，是多少帶點我前面所說的死抱住文學不肯放手的氣味的……終於文學不再是文學了，變成連環圖畫之類，而作者也不再是作者了，變成煽動家之類，死抱住文學不放手的作者們是終於只能放手了，然而你說他們捨得放手嗎？他們還在戀戀不捨的要藝術的價值。

蘇汶又說左聯是「目前主義」，他們只要策略，不要真理。這裡不用說，蘇汶所說的真理，在文藝上，也就是文藝的客觀價值。他既不反對社會革命，也不反對無產階級革命，在論戰中，他只說左翼文壇認為現階段的革命時代中，文藝已經不再需要，那麼作為文藝作家就只好「擱筆」了。

所以，雖然論爭了好久，大家寫了不少文章。但都還保持一種客氣的態度。最後出現了一篇何丹仁的文章，特別要說明的，何丹仁也正是馮雪峰的筆名，他說：

> ……首先，我們要承認，所有非無產階級的文學，未必都是資產階級的文學，蘇汶先生的話是對的，而且我們不能否認，我們——左翼批評家往往犯著機械論（理論上）和左傾宗派主義（策略上）的錯誤。因為在我們的面前，有著小資產階級的文學以及革命的小資產階級的文學存在，在文藝的階級性及其作用，尤其在階級鬥爭劇烈的時期的作為中間階級的文學上，即非無產階級的文學。主要的是小資產階級的文學是關係特別複雜的，這種作品，有革命的要素，有反革命的要素，而真的中立實際上不可能有的。

他又說：

……放在我們面前的，至少做我們注意中心的，應該是革命的和有革命意義的小資產階級文學的問題，而一切寫實的，能夠多少暴露社會真實的現象，尤其是地主階級的腐爛崩潰，帝國主義的侵略壓迫的事實，小資產階級的沒落動搖分化的現象等的文學，在現在，小資產階級文學中，實際上也只有這種文學能夠是有生命的東西，能夠構成客觀的價值。因為那種實際上仍舊幫助反動勢力的文學，則它不能暴露社會客觀的現實，並且要歪曲了客觀的真理，是明明白白的，而此外停留在社會生活的表面的，淺薄的，什麼也沒有接觸到的小資產階級文學，到底也不能引起人的注意了，我們認為蘇汶先生的「第三種文學」的真的出路，是這一種革命的，多少有些革命意義的，多少能夠反映現實社會真實的現實的文學，他們不需要和普羅文學對立起來。而應當和普羅文學聯合起來的……——這個，以及我們——「左翼文壇」的左傾宗派主義的錯誤的糾正，是這次爭論所能得到，應當得到的有實際意義的結論吧。

這裡，我們可以看出，馮雪峰是策略地在團結，或者說是爭取所謂「小資產階級作家」，正如他當初團結革命文學的一群作家成立左聯一樣，所以後來，他在論民主革命文藝運動文中說：

……雖有種種限制，這時期的藝術戰鬥，仍可肯定是統一戰線的，像左聯這樣團體，也仍是統一戰線的組織。

正如他以畫室的筆名發表的〈革命與知識階級〉的文中說：

對於一切的惡言詆毀（革命）者，為防禦起見，革命要毫無猶豫地擊死他們，革命也正不必遮瞞一切。

他們真正的敵人是民族主義文學，（這個，他們以及胡秋原都認為是法西斯的文學）與新月派「人性論」的文學主張，而覺得他們是「真正詆毀革命者」。這也就是說，他們在戰略上要團結一些不是極端或堅決反對他們的人士。他們可以集中力量攻擊他們所無法統一的敵人——民族主義文學與新月派。

當時，文學在左聯完全看作是一種武器，是服從於革命的鬥爭、統戰與宣傳的一種工具。我現在所不懂的是這些批評左翼作家聯盟的人士，都沒有檢討左聯的理論綱領與其在一九三一年十一月的所謂左聯的執行委員會的決議，特別是第「六」條的所謂組織與紀律。

文藝大眾化問題

一

一九三〇年左聯成立時，大會上就通過了成立文藝大眾化研究會，以後就出版了《大眾文藝》。在第二卷上，魯迅、郭沫若、沈端先、馮乃超都發表了關於文藝大眾化的意見。魯迅說：「在現下教育不平等的社會裡，仍當有種種難易不同的文藝，以應各種程度讀者之需。不過應該多有替大眾設想的作家，竭力來作淺顯易解的作品，使大眾愛看，以擠掉一些陳腐的勞什子。但那文學的程度，恐怕也只能到唱本那樣，……倘此刻就要全部大眾化，只是空談。大多數人不識字，目不通行的白話文，也非大眾能懂的文章，言語又不統一，若用方言，許多字是寫不出的，即使用別字代出，也只為一處地方的人所懂，閱讀的範圍反而縮小了。」

如果我們想到魯迅以前的所謂「文學是宣傳，宣傳不一定是文學」的話，同這裡的話可以說是矛盾的。魯迅已經說到教育不平等，是不是應該先求教育的普及與平等呢？不但是文學，許多其他的東西，大眾也因未受一定的教育而無法獲得。給大眾以唱本，並不是已經給了他們文學。把文學大眾化，是不是大眾就此文學化了呢？這問題當時所討論的似乎還是在宣傳上，即是有一定的內容要傳給大眾，我們應採用什麼樣的媒介問題。

因此，由於大眾所習慣的形式，有人就主張利用這些小調，說書，大鼓一類的東西，裝以新的內容。這就是「舊瓶新酒」的意見。後來，又有人說是中國文字的「方塊字」問題，必須徹底予以改革，使其成為拉丁化的拼音文字，那麼大眾就可以有自己的語言了。

這個問題討論了很久，都沒有結果，也始終沒有出現「大眾語」，更沒有出現過「大眾語」所寫的文學，我這裡不得不先引幾段左聯的權威性的意見。

瞿秋白在〈大眾文藝的問題〉文中，說：

> 革命的大眾文藝應當寫什麼東西？這問題應當分兩方面來說：
>
> 第一是形式方面，首先要說明的是：革命的先鋒隊不應當離開群眾的隊伍，而自己單獨去成就什麼「英雄高尚的事業」，籠統的說什麼新的內容必須用新的形式，什麼只應當提高群眾的程度來鑒賞藝術，而不應降低藝術的程度去遷就群眾

——這一類的話是「大文學家」的妄自尊大！革命的大眾文藝必須利用舊形式的優點——群眾讀慣的看慣的那種小說詩歌戲劇——逐漸地加入新的成分，養成群眾新的習慣，同著群眾一塊去提高藝術的程度。舊式的大眾藝術，在形式上有兩個優點，一是它和口頭文學的聯繫，二是它用淺近的敘述方法，這兩點都是革命的大眾文藝應當注意的。……

因此，革命的大眾文藝，應當運用說書灘簧的形式，自然，應當隨時創造群眾所容易接受的新形式……這在實際工作開始以後，經驗會告訴我們許多新的方法，群眾自己會創造許多形式，完全盲目的模仿舊的形式，那就要走到投降的道路上去。

第二是內容方面，革命的大眾文藝和一般的普洛文學運動一樣，現在創作的中心口號，應當是：揭穿一切種種的假面具，表現革命戰鬥的英雄。可是特別要注意的，是明瞭真正大眾之中的革命敵人在意識上的影響在什麼地方。這是文藝戰線上革命鬥爭的重要任務。

……現在，必須深刻瞭解革命文藝的任務，是要看清楚了當前每一次事變之中敵人用什麼來迷惑群眾，要看清群眾的日常生活，經常受著什麼樣的反動意識的束縛，而去揭穿一切種種的假面具，要去反映現實的革命爭鬥，不但表現革命的英雄，尤其要表現群眾的英雄，這裡也要揭穿反動意識以及小資產階級的動搖猶豫，揭穿這些意識對群眾鬥爭的影響，要這樣去贊助革命的階級意識的生長和發展。……

在〈普洛大眾文藝的現實問題〉裡，他又說：

……現在紳士之中，有部分歐化了，他們創造了一種歐化的新文言，而平民，仍舊只用紳士文字的渣滓，平民群眾不能瞭解所謂新文藝的作品，和以前的平民不能瞭解詩，古文，詞一樣，新式的紳士和平民之間，還是沒有「共同的語言」，既然這樣，那麼，無論革命文學的內容是多麼好，只要這作品是用紳士的言語寫的，和平民群眾沒有關係。

現在我們需要的是徹底的俗化本位的文學革命。沒有這一個條件，普洛文學就沒有自己的言語，沒有和群眾共同的言語。

在五方雜處的大都市裡面，在現代化的工廠裡面；他們的言語事實上已經產生了一種中國的普通話（不是官僚的所謂國語）……這種大都市裡，各省人用來互相談話演講說書的普通話，才是真正的現代中國語。

他們認為以前的白話文已經歐化了成為新文言文，他們要有新的中國普通話，就是大眾語，於是魯迅說：

由讀書人來提倡大眾語，當然比提倡白話困難。因為提倡白話時，好好壞壞，用的總算是白話，現在提倡大眾語的文章，卻大抵不是大眾語。但是，反對者是沒有發命令的權利的，雖是一個殘廢人，倘在主張健康運動，他絕沒有錯，如果提倡纏足，即是天足的壯健的女性，她還是有意的或無意的害人。

大眾語是一個經過長期討論而沒有結果的問題，大眾語如果在現代化工廠裡或大都市裡已經存在，那麼這些提倡大眾語的人去學就是，事實上是並不存在的，大眾語實際上只是這群要文藝大眾化的人的空想。魯迅認為反對大眾語等於提倡纏足一樣，這比喻非常不對。因為天足是自然存在的東西，提倡纏足是摧殘天然的東西。大眾語既然不存在，如果它不出現，提倡也沒有用，如果它出現了，反對也沒有用。

現在只要看看瞿秋白的文章好了，他口口聲聲是大眾大眾，可是這些字句比「官僚的國語」還要官僚，正如他所說的，是「一種歐化的新文言」，正如他所說「和平民群眾沒有關係」。他說：革命的先鋒隊不應當離開群眾的隊伍，而自己單獨去成就什麼「英雄高尚事業」。那麼，他自己呢，他在用歐化的新文言寫那些說教的文章，不正是離開了群眾的隊伍，想成就「英雄的高尚事業」嗎？

但是大眾語一直沒有產生，大眾語文學一直沒有出現，後來魯迅說：

> 和提倡文言文開倒車相反，是目前大眾語文的提倡，但也並沒有碰到根本問題：中國等於沒有文字，待到拉丁化提議出現，這才抓住了解決問題的緊要關鍵。
>
> ——見《且介亭雜文・中國語文的產生》

討論大眾語問題的文章，少說也有幾百萬字，這些高高在上的大作家們個個都是用歐化的文言文在討論，竟沒有一個到工廠裡或農村裡去體驗一種可以使大眾看懂聽懂的語文來討論這個問題，也沒有一個作家寫出一首詩或一篇小說，敢說這是大眾語的「樣板」作品。可見，這大眾語實在是一個幻影，大家只是鬧著捕風捉影的把戲而已。

二

其實呢，大眾語根本就是不存在的一個幻影，如果是有的話，蘇聯不早有俄文的大眾語了。民初所提倡的白話文，與國語運動其實也正是大眾語運動。胡適之對文章所要求明白如話，也就是語文的合一。而當用文字表達文學、學術思想的時候，自然，同普通說話是有距離的。

我們平實地來考察，甚至用實驗的方法來比較的時候，我們的確可以把中文寫得清楚平實一點。歐化的字句正是新文學運動創造出來的；一點點歐化，初讀時也有點新鮮的感覺，但過分的歐化就成了一種「不順」與「不通」，上面所引的瞿秋白所用的字語，已經可說到了「不通」、「不順」的地步。這種語句的來源自然可說是從翻譯而來，就在日本風行左翼文化理論書籍之時，日本從德文或俄文譯成日文，中國再從日文譯成中文，而譯者的日文程度也不一定能完全瞭解原意，粗製濫造，出了大批這些書籍，以應當時市場的需要。

這類譯文，可以說把中文弄成了不倫不類，我現在且舉一個例子，引的是黑格爾的《歷史哲學》綱要的一段：

……自由所由之而產生於世界的手段，這個問題就把我們引到歷史這樣東西的現象之中。若是自由之所以為自由，最初是內部的概念，那自由的手段則反是外部的事物，現象的事物，因而這種現象的事物所表現的就是直接放在我眼前的歷史上的事物。然而我們最初接觸的歷史的光景所指示給我們看的是人類的各種行動，而人類的這些行動是則發端於他們的需要，熱情，他們的各種關切並由之而形成的觀念與目的，他們的性格與才能，簡直可以說是這樣，在這裡活動的表演之中，只有這些需要、熱情、親切等等表現為衝動彈力。

我們可以自此看出，如果一個青年天天讀這樣的書，他們的中文會變成什麼樣子。當浩浩蕩蕩的作家群為文討論大眾語時，竟是有許多都是寫與此相同的文章，那麼怎麼樣的討論都無法產生大眾語的。

為反對這類不倫不類的歐化，要求文章寫成清楚平實，通順流利，這實在比大眾語高調要實際得多。

就在這個時期，出現了林語堂兩本刊物。一九三二年是《論語》半月刊，一九三三年是《人間世》半月刊。

《論語》本來是一本同人刊物，後來由林語堂主編，提倡幽默。那時候，上海有一本英語刊物，叫做China Critic（《中國評論》）林語堂在那裡寫小評論（Little Critic），以風趣的筆調，寫雋永有味的散文，引起讀書界的注意，後來他在《論語》上每期發表〈我的話〉，正是他的小評論，題目如〈我怎麼買牙刷〉〈滿大人〉之類，不過是用中文來寫罷了。林語堂是語言學的學者，他對於中國文字的運用，發現時下這種歐化的語體文，實在很有毛病，他覺得中文應該而且可以走到清新優美簡練的路上，因此他在說理的文章上推崇宋、明的語錄體，而他在當代的作家中，發現周作人是最成功的散文作家，具有合乎他理想的中文筆調。

《論語》提倡幽默，發刊以後，風行一時，各地投稿的，風起雲湧，那裡並不刊詩歌小說，只刊短小輕鬆的散文，雖然是幽默刊物，但亦多有諷刺鬱剔感慨及嬉笑怒罵的文章，可是題材多是身邊瑣事，眼前怪聞。如邊遠縣政府的佈告，南京政府官場的妙聞，大學教授的怪論，以及日常生活中的際遇，如理髮廳浴室的趣事，等等。

這本刊物，並不與左翼右翼文壇爭霸，也不與人家討論大問題，更很少參加當前政治社會的是非，可是一時一紙風行，遠近回應，這自然引起左翼文壇的抨擊。魯迅後來說：

> ……然而社會諷刺家究竟是危險的，尤其是在有些「文學家」明明暗暗的成了「王之爪牙」的時代。人們誰高興做文字獄中的主角呢？但倘不死絕，肚子裡總還有半

口悶氣，要藉著笑的幌子，哈哈的吐他出來。笑笑既不至於得罪別人，現在法律上也尚無國民必須哭喪著臉的規定，並非非法，蓋可斷言的。這便是去年以來，文字上流行幽默的原因，但其單是「為笑笑而笑笑的」自然也不少。

——《偽自由書．從諷刺到幽默》

魯迅的話，也許有一部分道理，但所謂「笑笑」並非非法的話是不對的。《論語》的真正銷行的緣故，照我看，是它的真正「大眾化」的緣故。

這裡所謂大眾化，自然談不到工農無產階級。在讀者的範圍來稿的範圍看，《論語》已經是深入內地鄉下，諸凡邊縣的小學教員、店夥、學徒等都有稿子寄來。《論語》並不提倡高深的文學，也不談愛國救民的大道理，它是人生的、生活的、現實的，它記載批評普通人日常接觸的世界上所發生的小事小題，而出之於幽默的態度，這態度是挖苦中帶同情，怨恨中帶苦笑。而文字一般都是簡樸乾淨平實，不誇張如演說，不渲染為歐化，不呼喊成口號。

文學大眾化與大眾語的討論響徹雲霄，都是誇口空談，《論語》並不作此號召，也沒有預先有此宏願，只是無意中收此反應，這原是始料不及之事。

另外一種原因，是文壇上當時經過了兩三年的論戰，都是輝煌激烈的題目，如「人性論」呀，「階級革命」呀，「民族主義」呀，「文藝大眾化」呀，「文學自由論」呀！論爭到後來，引證都是翻譯的名著，如馬克思呀，蒲列哈諾夫呀，盧那卡爾斯基呀，文句冗長嚕蘇，名詞古怪複雜，如「奧伏赫比」呀，「印貼利根幾亞」呀以及「機械論」呀，「左傾宗派主義」呀，「左傾幼稚病」呀！……可以說完全是空空洞洞脫離大眾的生活的東西。現在看到了老老實實清清楚楚言之有物的文章，自然是覺得親切可愛起來。

文章本有兩種，一種是載道的，一種是言志的。這兩種文章，往往是此興彼伏，彼興此伏。關於這一層，周作人說得最清楚，我們不妨引一段在這裡，他說：

> 言志派的文學可以換一個名稱，叫做即興的文學，載道派的文學也可以換一個名稱，叫做賦得的文章，古今來有名的文學作品通是即興的文學。例如《詩經》上沒有「題目」，《莊子》有些也無篇名，他們都先有意思，想到就寫下來，寫好後再從文章裡將題目抽出的。賦得的文學都是先有題目，然後再按題作文。自己寫出的題目作時還比較容易，考試所出的題目便有很多的限制，自己的意思不能說，必須揣摩題目中的意思，如題目是孔子的話，則須跟著題目發揮些聖賢道理，如題目為陽貨的話，則又是非跟著題目罵孔子不可。末了幾句話固然是講做真八股者的情形，但是一般的載道派也實在都是如此。……

周作人這一段話，正可以說明《論語》這刊物所推行的正是「即興的文學」，這類文章如對朋友談個人見聞與意見，並不強人相同，談完了也就算了。而所謂賦得的文章總是要說服人家，打擊異己似的。所以前者是輕笑閒談，後者是大聲疾呼。當《論語》出版之時，正是大家厭倦了這類滿口大志教訓人的氣焰，所以樂於接受這種無目的的談談私己的閑趣。

一九三三年，林語堂又出版了《人間世》半月刊，這是一本標榜著小品文的刊物，林語堂在發刊詞上說：

> ……蓋小品文，可以發揮議論，可以暢泄衷情，可以摹繪人性，可以形容世故，可以記瑣屑，可以談天說地，本無範圍，特以自我為中心，以閒適為格調，與各體別，西方文學所謂個人筆調是也。……

這也就是提倡「言志派」文學的初衷。關於散文的概念，林語堂並不是始創者。周作人在《中國新文學的源流》上說：

> 新散文裡這即興的分子是很重要的，在這一點上也與前一期的新文學運動即公安派

全然相同，不過這相合於趨勢的偶合，並不由於模擬或影響。我們說公安派是前一期的新文學運動，卻不將他當作現今新文學運動的祖師，我們讀公安派文發現與現代散文有許多類似處覺得很有興味，卻不將他當作規範去模仿他。這理由是很簡明的。新散文裡的基調雖然仍是儒道二家的，這卻經過西洋現代思想的陶鎔浸潤，自有一種新的色味，與以前的顯有不同，即使在文章的外觀上有相似的地方……

把周作人的意見，與西洋現代散文的見解並比著看，也更可知道林語堂當時所提倡的小品文的淵源。下面是娜琪（Nitchic）的文藝批評論裡的話：

「在各種散文體裁裡essay是種類繁多變化複雜的一種。自從蒙泰Montague最初把他對於人對於物的體驗寫成散文以來，關於這類文章的寫法與題材，並不曾作任何規定，在那隨便的娓語家常的文章裡，宇宙萬物，都是題材，幽默、感傷、尖刻、婉約都化在親切閒談中……」

林語堂所提倡的也正是這一種散文，是縱接公安的三袁，橫通西洋現代的essay的。這在文風上是個人主義，即興主義。而文體上，則娓語代替吶喊，閒談代替了教訓。我現在且採摘一段文章與兩段詩歌，以見當時所流行的文體是怎麼樣與林語堂、周作人所提倡的娓語閒談式的文章的不同：

……這需要完全新的典型的革命作家；他不是旁觀者，而是實際鬥爭積極的參加者，他不是隔離大眾，關起門來寫作品，而是一面參加著大眾的革命鬥爭，一面創造著給大眾服務的作品，他的立場是階級的，黨派的，因為他懂得對一面於現實的深刻的客觀的認識是在正確的黨的評價的基礎上找出它的藝術的表現，這就是伊里基的所謂「階級鬥爭的客觀主義」。只有這樣，他才能產生真正革命的大眾作品，他才能在他的作品中表現出「活人」而不至於陷於概念主義。中國的革命文學作品到現在還充滿著「革命」的詞藻的生硬的堆砌，「突變式」的英雄的純粹概念的描寫，對於被壓迫者（很少是真正無產者）的膚淺的人道主義的同情，對於沒落小資產階級含淚的諷刺。要肅清這些殘餘的要素，只有到大眾中去，從大眾學習，產生健全的大眾作品。所以文學大眾化不僅是降低文學，而且是提高文學，即提高文學的鬥爭性，階級性的。

——周揚：〈關於文學大眾化〉

宇宙呀，宇宙！

我要努力地把你咒詛，

你膿血污穢者的屠場呀！
你悲哀充塞的牢囚呀！
你群鬼叫號的墳墓呀！
你群魔跳樑的地獄呀！
你到底為什麼存在？

最高，最絕，最急的音節！
朝陽的歌曲奏著神力！
力！力！力！大力的歌聲！
死！勝利，決戰的決心！
朝陽！朝陽！朝陽！
憧憬的旋律到頂點沸揚，
金光！金光！金光！
手下生出了偉大翅膀，
旋律離了鍵盤，

——郭沫若：〈鳳凰涅槃〉

直上，直上天空飛翔，飛翔！飛翔！

——殷夫：〈意識的旋律〉

上面引的那段文章是當時標準的論文筆調，談的是文學大眾化，用的文字語句則是官腔的「歐化文言文」（用瞿秋白語）。兩首詩，一首是郭沫若的革命詩歌，下面是殷夫的革命詩歌，兩首詩寫作期相隔有十幾年，而其嘶聲極力的呼喊，驚嘆號的亂飛，唯恐讀者聽不見的風格是一樣的。

《論語》、《人間世》兩個刊物發行時期並不久，但在文風上起了無法估計的影響。以後因為抗日戰爭日益迫近，「即興」的文學也就銷聲匿跡，代之而起又是「賦得」的文學了。

左聯分裂的過程與原因

一九三一至一九三四年，日本在侵佔東北後，步步緊迫華北，組織偽組織不許人民有反日的言論。這使全國人民同仇敵愾，恨政府之無能。而當時國民黨政府則有「攘外必先安內」之決策，意在完成剿共後再作他顧。到一九三五年，這已是國民黨剿共之第八年，共產黨已經被壓迫在一個無法抵抗的角落裡。國民黨的戰略是把張學良的東北軍與楊虎城的十七軍放在剿共的前線，而中央軍則鎮壓在他們的後面。共產黨在無可奈何之中，就向張、楊軍隊宣傳停止內戰，合力抗日。東北軍被日本趕進關內，正想打回老家，剿共本非所願，自然為其所動。而當時人民看政府對日本百般委曲求全，一再退讓，簽訂辱國條約而勇於內戰，也多不滿，特別是全國學生聯合會及左翼作家聯盟等組織。所以當共產黨號召建立抗日民族統一戰線，無不附和擁護。一九三五年八月，共產黨發表了為抗日救國告全國同胞書，即是有名的〈八一宣言〉。十一月廿八日公佈〈抗日救國十大綱領〉。同年十二月九日北平學生舉行抗日救國示威運動——這就是所謂「一二九運動」。

上海文化界於十二月廿八日，為響應一二九運動，成立了上海文化界救國會。一九三六年五月成立全國各界救國聯合會。這些運動，左聯自然是有力的組織與支持的力量，同時也號召文藝界的統一戰線。

所謂統一戰線，就是要團結各種新舊左右的作家在一個救國的大前提下團結來。這也正是共產黨在不得已局面中把階級鬥爭的口號暫時擱起，而用抗日的前提使人忘去過去各種歧見而一致對外，因此在文學上黨的領導階層要左聯改換口號。於是由周揚叫出「國防文學」的口號。一九三六年六月周揚發表〈現階段的文學〉一文，他說：

全民族救亡的統一戰線正以巨大的規模伸展到一切的領域內去，文學藝術的領域自然也不能例外，國防文學就是配合目前這個形勢而提出的一個文學上的口號，它要號召一切站在民族戰線的作家不問他所屬的階層，他們的思想和流派，都來創造抗敵救國的藝術作品，把文學上反帝反封建的運動集中到抗敵反漢奸的總流。

把一切作家引到國防的主題，有人就要懷疑，這不是將要使文學的題材單調化了嗎？不，相反地，這不但沒有縮小主題的範困，反而使之擴大了。在這主題裡面，無限多樣的包藏了革命文學的其他一切。在社會發展的主流上把握廣大現象和複雜情形，不局限於民族革命戰爭的激化的場面，而觸及在帝國主義漢奸壓迫下的一切的日常生活和鬥爭，這就是國防文學內容的境界。

就在同時，出現了胡風的〈人民大眾向文學要求什麼〉，他說：

……然而九、一八以後，民族危機更加迫急了，華北問題發生以後，整個的中華民族就已經走到了生死存亡的關頭。因為這，人民大眾的生活起了一個大的紛擾，產生了新的苦悶，新的焦躁，新的憤怒，新的抗戰。凡這一切形成了一個新的歷史階段，這個歷史階段當然向文學提出反映它底特質的要求，供給了新的美學的基礎，因而能夠描寫這個文學本身底性質的應該是一個新的口號——

民族革命戰爭的大眾文學。

所以，為了說明這個口號，首先要指出的是產生它的現實的生活基礎。第一、在失去了的土地上面，民族革命戰爭廣泛地存在，繼續地奮起。

第二、在一切救亡運動解放運動裡面，抗敵戰爭——民族革命戰爭底運動是一個共同的最高的要求。

第三、人民大眾的熱情，的希望，底努力，在醞釀著一種神聖的全民族革命戰爭的現實，那戰爭能夠團結和動員一切不願做亡國奴的不願做漢奸的人民大眾罷。

第四、從太平天國運動到一、二八戰爭的一切偉大的反帝運動只有從民族革命戰爭的觀點才能取得真實的評價……。

胡風這篇文章是在《文學叢報》第二號發表的，比周揚的晚出面，但是他是寫於五月九日晨五時。看來是他在寫這篇文章時，並沒有知道周揚要提出這個口號，而周揚這個口號一定是黨的意思。他既是黨的代表人，駐在上海，他以為左聯的人士會接受他的意見。但是他為什麼沒有在事先與左聯同人作一次討論？這個我們無從知道。

這兩個口號引起了很大的糾紛，當時有很多人譴責胡風，不過後來照魯迅說：「這口號不是胡風提的，胡風做過一篇文章是事實，但那是我請他做的，他的文章解釋不清楚也是事實，這口號也不是我一個人『標新立異』，是幾個人大家經過一番商議的，茅盾先生就是參加商議的一個。」

這裡面，除了文筆爭論以外，是不是有人在奔走疏通，不得而知，不過左聯當時就解散了。左聯當時是黨所領導的，它的解散，當然是黨的意思。

以後周揚就另外成立中國文藝家協會，參加中國文藝家協會有一百二十八人，郭沫若、茅盾等都參加了，但是魯迅、胡風、馮雪峯、巴金等沒有參加。

關於其中的分歧，以及共產黨的「國防文學」口號的原意，在以後徐懋庸給魯迅的信中可以知道：

……但我要告訴先生，這是先生對於現在的基本政策沒有瞭解之故。現在的統一戰線——中國和全世界的都一樣——固然是以普洛為主體的，但其成為主體並不由於它的名義，它的特殊地位和歷史，而是由於它的把握現實的正確和鬥爭能力的巨大，所以在客觀上普洛之為主體是當然的。但是在主觀上，普洛不應該掛起明顯的徽章，不以工作，只以特殊的資格去要求領導權，以至嚇跑別的階層的戰友。……

我相信徐懋庸的話正是黨的用意，而當時共產黨急於求統一戰線之形成，從抗日的號召中解救自己的危殆，所以策略上是放棄以前的「階級革命」的口號的。大概以後是得了許多左聯的盟員的瞭解，所以像茅盾這樣雖然也批評國防文學這個口號，但還是參加了中國文藝家協會。在文藝家協會成立後，郭沫若寫了〈國防、污池、煉獄〉及〈蒐苗的檢閱〉兩篇文章，還是希望魯迅放棄「民族革命戰爭的大眾文學」的口號而謀取團結的。但是魯迅並沒有接受。魯迅在回答徐懋庸信中，說：

……我贊成一切文學家，任何派別的文學家在抗日口號之下統一起來的主張。也曾提到過我對於組織這種統一的團體的意見過，那些意見，自然是被一些「指導家」格殺了，反而即刻從天外飛來似的加我以「破壞統一戰線」的罪名。……

這裡所說的「指導家」當然是指周揚。他又說：

……我提議「文藝家協會」應該克服它的理論上與行動上的宗派主義與行幫現象，把限度放得更寬些，同時最好將所謂「領導權」移到那些確能認真做事的作家和青年手裡去，不能專讓徐懋庸之流的人在包辯。

魯迅曾經提到過他對於組織統一的團體的意見而被「指導家」格殺一點，大概是周揚只是秉著黨的指令來發揮，而疏忽魯迅的意見。

我們再看六月十日魯迅的〈病中答客問〉（由O. V.筆錄）討論現在我們的文學運動。他說：

左翼作家聯盟五六年來領導和戰鬥過來的，是無產階級革命文學的運動，這文學和運動一直發展著，到現在更具體底地，更實際爭鬥底地發展到民族革命戰爭的大眾文學，是無產階級革命文學的一發展，是無產革命文學在現在時候的真實的更廣大的內容。這種文學，現在已存在著，並且即將在這基礎之上，再受著實際戰鬥生活的培養，開出爛漫的花來罷。因此，新的口號的提出，不能看作革命文學的停止，或者說「此路不通」了。所以，決非停止了歷來反法西斯主義，反對一切反動者的血的鬥爭？而是將這鬥爭更深入，更擴大，更實際，更細緻曲折，將鬥爭具體化到抗日反漢奸的鬥爭，將一切的鬥爭匯合到抗日反漢奸鬥爭總流裡去。決非革命文學要放棄它的階級領導責任，而是將它的責任更加重，更放大，重到和大到要使全民族，不分階級黨派，一致去對外。這個民族的立場，才真是階級的立場。……

這裡很明顯的可以看出，魯迅他們是認為國防文學的口號，是放棄了「無產階級革命文學」，是放棄了「階級的領導責任」，是將過去五六年來領導和戰鬥過來的革命運動一筆勾消，那麼過去勞績與許多青年作家的血也都是白流了。

從客觀來說，儘管左翼文人把「民族主義文學」作為法西斯的口號，事實上那時候的「國防文學」同「民族主義文學」的內涵是一樣的，只是主要的對像是「日本」而已。

在由兩個口號而分二個陣營以後，曾經有好些來求謀統一調和。郭沫若說：

我覺得國防文藝是多樣的統一，而不是一色的塗抹，這兒應包括各種各樣的文藝作品，由純粹社會主義以至於狹義愛國主義的，但只要不是賣國的，不是為帝國主義作倀的東西，因為，國防文藝最好的定義為非賣國的文藝，或反帝的文藝。

他又說：

……我覺得國防文藝應該是作家關係間的標幟，而不是作品原則上的標幟，並不是一定要寫滿蒙，一定要寫長城，一定要聲聲愛國，一定要句句救亡，然後才是「國防文藝」，我們只是在「國防」的意識之下，把可以容忍的範面擴大了。

茅盾在〈關於引起糾紛的兩個口號〉一文中說：

國防文藝這口號，若是為創作的口號，本是欠明確性的，而過去我們把這口號，認為是一般創作的口號，也就有關門主義和宗派主義的危險。

他又說：

「民族戰爭的大眾文學」應該是現在左翼作家創作的口號。「國防文學」是全國一切作家關係間的標幟！我們希望的是全國任何作家都在抗日的共同目標之下聯合起來，但在創作上需要有更大的自由。我們對於少數的幾個朋友，希望他們即速停止文藝界的「內戰」，並放棄那種爭文藝「正統」，以及以一個口號去規約別人，和自以為是天生的領導者要去領導別人那種天真的意志。

茅盾這文章是對於周揚的「以領導者」自居的態度有所指摘，同時他是調解，想把這兩個口號在兩種意義之下，同時並用。

可是，周揚則反對茅盾的意見，他在〈與茅盾先生論國防文學的口號〉中說：

我以為「國防文學」應該是創作活動的指標，它要號召一切作家來寫國防的作品，一個文學的口號如果和藝術的創作活動不生關係，那它就要成為毫無意義的東西。文藝的國防陣線，不運用它自己特殊的藝術的武器，就決不能發揮他應有的力量，這是明明白白的事情。

周揚的意見，要作家們都寫「國防文學」，這也難怪在一本《夜競》雜誌上有一位龍貢公寫了一篇文章說：

「把這樣的創作水準再降低到單純空洞的『愛國』觀念，這是應該的事情麼？」這就是說，當時年輕的左傾作家對於中共放棄（也許這只是策略上的暫時放棄）原來的無產階級革命的立場，是不能諒解的。

其實，最後魯迅也是接受調和的，他說：

但是民族革命戰爭的大眾文學，正如無產階級文學的口號一樣，大概是一個總口號吧，在總口號之下，再提些隨時應變的具體的口號，例如「國防文學」、「救亡文學」、「抗日文藝」等等，我以為是無礙的。不但沒有礙，並且是有益的，需要的。自然，太多了也使人頭腦混亂。

但是，魯迅的意見似乎並不能為當時黨的領導人所同意，我們看當時所謂共產黨的理想家陳伯達忽然寫了一篇〈文學界兩個口號問題應該休戰〉一文中說：

……國防——這是聯合戰線的口號。「民族革命戰爭的大眾文學」——這應該是屬於國防文學的左翼，是國防文學最主要的一種，一個部分，同時是國防文學的主力。

這裡所堅持的，變成究竟是「民族革命戰爭的大眾文學」為領導的總口號呢？還是「國防文學」為領導的總口號呢？

所以這個兩個口號之爭，先是周揚倡議「國防文學」，再是胡風（及其贊同者）倡議「民族革命戰爭的大眾文學」，彼此排斥對方。後來大家主張兩者並存。現在則是變成哪一個口號作為領導的總口號之爭了。這個問題沒有解決，左翼文壇的裂痕正式暴露了。

當周揚他們成立文藝家協會時，他們發表了一個宣言：

〈中國文藝家協會宣言〉一九三六年六月七日上海

光明與黑暗正在爭鬥。

世界是在戰爭與革命的前夜。

中華民族已到了生死存亡的關頭！

從去年十二月普遍於全國的救國運動的壯潮展開了中華民族解放運動的新階段。從去年十二月起，全民族一致的救國陣線的建立，成為中華民族迫切的要求！

從去年十二月起，中華民族目前最主要的敵人加緊它的強暴的侵略：增兵、走私、干涉我們的小學教科書講到「國恥」。最近他們的外交官已經公開宣言：中國可走的只有兩條路，不是對他們作戰，便是向他們屈服。

是的我們目前可走的只有兩條路！

從去年十二月起，事實已經告訴我們：儘管漢奸們如何欺騙蒙蔽，儘管有些神經麻木的同胞，還在幻想敵人的「適可而止」，然而廣大的民眾早已認識了只有武力抵抗才能夠不做亡國奴，廣大的民眾堅決地不願做亡國奴！

文藝作家有他特殊的武器。文藝作家在全民族一致的救國陣線中有他自己的崗位。中國文藝家協會在今日宣告成立，自有它偉大的歷史的使命。

是全民族救國運動中的一環，中國文藝家協會堅決擁護民族救國陣線的最低限度的基本的要求：團結一致抵抗侵略，停止內戰，言論出版自由，民眾組織救國團體的自由。

是文藝家的集團，中國文藝家協會要求作家們切身權利的保障，要求同一目標的作家們的集體的創造和集體的研究。

中國文藝家協會特別要提議：在全民族一致救國的大目標下，文藝上主張不同的作家們可以是一條戰線上的戰友。文藝上主張的不同，並不妨礙我們為了民族利益而團結一致；同時，為民族利益而團一致，並不拘束了我們各自的文藝主張向廣大民眾聲訴而聽取最後的判詞。

是全民族一致救國的要求，使我們站在一條線上，同時，亦將是民族解放鬥爭的更開展與更深入，無情地淘汰了一些畏縮的，動搖的，而使我們這集團鍛鍊成鋼鐵一般的壁壘！

中國文藝家協會要求更多的作家們來共同負起歷史決定了的使命。把我們的筆集中於民族解放的鬥爭吧！

中華民族自由解放萬歲！

已加入本會會員名錄（王任叔、王統照、艾蕪、立波、茅盾、郭沫若、魏金枝等一一二人）

隔了不久，魯迅等集合了作家四十二人，也發表了一篇〈中國文藝工作者宣言〉：

〈中國文藝工作者宣言〉一九三六年（民國廿五年）

中國不是從昨天起才被強鄰壓迫侵略，我們民族的危機並不是一朝一夕所造成的。展開在我們眼前的這大崩潰的威脅是有著它的遠因和近因，有著它的發展的路徑的。我們，文藝上的工作者，目光從來沒有離開過現實，工作從來沒有放鬆過爭取民族自由的奮鬥。我們並不是今天才發現救亡圖存的運動的重要。

所以，在現在，當民族危機達到了最後關頭，一隻殘酷的魔手扼住我們的咽喉，一個窒悶的暗夜壓在我們的頭上，一種偉大悲壯的抗戰擺在我們的面前的現在，我們決不屈服，決不畏懼，更決不徬徨、猶豫。我們將保住各自固有的立場，本著原來堅定的信仰，沿著過去的路線，加緊我們從事文藝以來就早已開始了的爭取民族自由的工作。我們決不忽略或是離開現實。反之，我們將更加緊緊地把握住現實。我們不敢過大的估計自己的力量，但我們將為著目標的遠大，忘卻自身的渺小。我們相信各部門的文化工作在任何時期都沒有一刻可以中斷，我們以後將更加沉著而又勇敢地在這動亂的大時代中，擔負起我們的艱巨的任務。我們願意接受同意我們的工作的人的督促和指導。我們願意和站在同一戰線的一切爭取民族自由的鬥士熱烈的握手。

魯迅、曹禺、唐弢、巴金、茅盾、靳以等四十二人。

——選自《文季月刊》一卷二期，一九三六年七月一日出版這兩個宣言，前者簽名者一百十二人，後者署名者四十二人，其中有兩面都簽名的。裡面內容也並無矛盾之處。但是左翼文壇分為兩個障營，則變成無法調和的一個事實。

我們在左聯的綱領中及以後執行委員會議決案，可以看出，左聯的盟員本來並不都是共產黨員，而即使是黨員似乎也與「解放區」組織中的黨員很不相同。

左聯的盟員在加入左聯時候，可以說大多數是自由主義者，在政治上是一種理想主義者，他們在國民黨高壓之下，相信共產黨所宣傳「解放區」的民主自由，相信共產黨的號召，打倒帝國主義與法西斯主義。可是在一九三一年十一月左聯執行委員會的決議中，已經可以看出「解放區」文藝領導者想將解放區的控制面目加於左聯的情形。許多盟員，自然慢慢的離心了。周揚是解放區的文藝領導人物，他到了上海，似乎把左聯看作解放區的文藝幹部，以為可以用在解放區的方式來領導左聯，這自然就受到阻力。而五、六年來左聯所遵循黨的策略，也可為無微不至，今忽然另派一個人來領導，這自然是不為左聯的中幹分子所接受的。

事實上，上海的左聯的盟員與解放區的文藝工作幹部，根本上是不同的。上海的左傾文藝人士是受過西洋及日本的教育，有閱讀英、日文的能力，他們認識共產主義是從書本來的，是從理論來的，是從《新青年》時代思想影響下發展出來的。而解放區的文藝幹部則是從農民或軍隊來的，他們文化水準低，沒有讀過什麼基本的馬克思學說，他們只是從中共的宣傳中獲得了革命的常識，但他們正式在農村中工作，組織農民，鬥爭地主，做各種大眾宣傳的工作，壁報、話報、歌唱、演戲，以及參軍。因此當周揚以對組織中的文藝幹部來對待左聯的那些「文豪」，就更加暴露了解放區文藝工作的特殊性質。

以後，我們會看到，無論在理論上與作品上，這兩派的作家是一直彼此輕視與歧視的。現在，當兩派已經對峙以後。以魯迅為首，胡風、馮雪峯一派對於周揚一派，就以關門主義與宗派主義來批評，而他們的文藝思想與文藝理論，就被視作為機械論。

所謂機械論，最初見於一九〇五年列寧的〈黨的組織和黨的文學〉一文中，他說：

無可爭論的，文學事業不允許機械的平均、劃一、少數服從多數。無可爭論的，在這種事業裡，無條件地，必須保證個人的創造性，個人所愛好的廣大領域——思想和幻想，形式和內容的廣大領域。

列寧當時就並不機械地去劃分革命、反革命，並不劃一的要作家寫什麼，他是「無條件地，必須保證個人的創造性。」周揚要作家都以「國防」為內容，不寫國防題材的，就關在門外，所以說是「關門主義」，是「宗派主義」，是「機械論」。後來馮雪峯以呂克玉的筆名寫〈對於文學運動幾個問題的意見〉，他說：

關門主義，第一，存在於抗日統一戰線問題的狹隘的瞭解，他們依然把這統一戰線的問題看成單純的文學上結合新團體的問題，沒有看成和別界的抗日統一戰線首先應該是一個愛國的政治的聯合問題，因此，他們一切理論和辦法，至多仍是「半開門主義」，所以茅盾先生說他們規定定要「入場券」，魯迅先生說他們是「基本上宗派主義」，是非常正確恰當的指摘。很明顯的，如果為了要在愛國運動中去擴大文藝運動，則首先不應該從文學問題上去求統一，而應從抗日政治問題上去聯合作家，然後在抗日聯合的過程中，愛國工作的接觸中，使各派的作家和新文學更接近。無論如何，在現在，抗日聯合是完全可能的，也只有在抗日的一點上，各派各階級的文學者的聯合是完全可能的，但要在文學問題上求統一，則在現在還不可能。如果在抗日聯合問題中附以文學上問題的條件，那就大大縮小了抗日的戰線，也就失去造成我們要在抗日運動中去擴大文學運動的前提條件與機會。

這個批評周揚為關門主義與宗派主義，一直到解放後還存在著。後來馮雪峯在〈論民主革命的文藝運動〉又提及這個機械論，他說：

我們理論中曾有將不革命的作家也幾乎和明白地反革命的作家同視的錯誤。我們常常不僅沒有將作家的社會意識之曲折的複雜的反映加以細心的謹慎的分析，並且無視了一般不和我們一道的作家之從別的途徑或別的方式和人民與革命的接近，無視了作家們曲折地間接地對於人民革命的反響，以及對於統治階級的消極的憎惡，我們幾乎否認了許多不屬於革命文藝陣營的作家之進步性與革命性，雖然他們進步很慢，要求很少，但總在進步著，不滿於現狀的……

以後，到了一九三六年十月，總算團結一群較大範圍的作家，發表一個宣言，這叫做〈文藝界仝人為團結禦侮與言論自由宣言〉：

我們是文學者，因此亦主張全國文學界同人應不分新舊派別，為抗日救國而聯合。文學是生活的反映，而生活是複雜多方面的，各階層的，其在作家個人或集團，平時對文學之見解，趣味，與作風，新派與舊派不同。左派與右派亦各異，然而無論新舊左右，其為中國人則一，其不願為亡國奴則一；各人抗日之動機，或有不同，抗日的立場，亦許各異，然而同為抗日則一，同為抗日的力量則一。在文學上，我們不強求其相同，但在抗日救國上，我們應團結一致以求行動之更有力，我們不必強求抗日立場之劃一，但主張抗日的力量即刻統一起來。

為民族利益計，我們又甚盼民族解放的文學或愛國文學在全國各處風起雲湧，以鼓勵民氣；我們固甚盼全國從事文學者能急當前之所應急，但救亡之道初非一端，其在作家亦然。故在文學上我們寧主張各人各派之自由發展與自由創作。

其次，我們主張言論的自由，急應爭得。言論自由與文藝活動的自由，不但是文化發展的關鍵，而在今日更為民族生存之所繫。國民自由發表其救國意見，文學者自由發表其救國文藝，在今日已不僅為人民之權利，亦且為人民應盡之天職。除非不要人民愛國，否則，予人民發表救國意見之自由，在今日實屬天經地義，無可懷疑。因此我們要求政府當局，即刻開放人民言論自由；凡足以妨礙人民言論自由之法規，如報紙檢查刊物禁扣等，應立即概予廢止。我們深信唯有言論自由，然後能收全國上下一致救國的效果。我們敢籲請全國的學者，新聞記者，作者與讀者，一致起而力爭言論自由，促其早日實現。

簽名者有巴金、王統照、包天笑、沈起予、林語堂、洪深、周瘦鷗、茅盾、陳望道、郭沫若、夏丏尊、張天翼、傅東華、葉紹鈞、鄭振鐸、鄭伯奇、趙家璧、黎烈文、魯迅、謝冰心、豐子愷。

魯迅卒於一九三六年十月十九日，而魯迅所領導的左聯一批作家，與延安文藝界的領導人士，在兩個口號之爭後，一直沒有統一過，以後就成為左聯傳統的作家與邊區幹部作家的分野。那年十二月十二日西安事變發生，政治上的突變、抗戰也就跟著來了。

服務於抗戰的文藝

一九三七年七月七日，日本攻打北平南郊蘆溝橋，中共於翌日發表了號召抗戰的宣言。七月十七日，國民黨也發表了廬山談話，這就確定了全面抗戰的意志。這是空前的國際戰爭，基於幾十年中國在日本帝國主義下忍辱的生存，一旦發動抗戰，自然全國軍民異常興奮，團結一致，發憤圖強，一時出現了生氣勃勃的新氣象。文藝作家們也隨著抗戰擴大了他們生活的範圍。隨著國都的遷移與生活上的需要，他們去到新的地方，閱歷了新的人生，經驗了新的工作，他們有的擔任了與抗戰直接有關的工作，有的因經濟上發生基本的動搖，生活起激烈的變化。這些作家現在統統都意識到民族與自己的血肉關係。上海南京淪陷後，所謂中國文藝家協會也已無形中消失。

於是，一九三八年三月二十七日，中華全國文藝界抗敵協會在漢口出現了，這是一個廣泛的組織，它的「發起旨趣」說：

漫天轟炸，遍地烽煙，焦毀的城市，血染的山河，在日本帝國主義橫暴侵略中，中華民國正燃起爭取生存與解放的神聖炮火，半年來抗戰的經驗，給我們寶貴的教訓。一個弱國抵抗強國的侵略，想要徹底打擊武器兵力優勢的敵人，唯有廣大的激勵人民的敵愾，發動大眾的潛力，文藝者是人類心靈的技師，文藝正是激動人心發動大眾最有力的武器。數年來為了呼號抵抗，中國文藝界無疑地盡了廣大的責任。但自抗戰開展以來，新的形勢要求我們更千百倍的努力。而因中心都市的淪陷，出版條件的困難，文藝人的流亡四散，雖一方產生了大量新型的報告、通訊等文藝作品，且因抗戰的內容，使新文藝消失了過去與大眾間的隔閡，但在一切文化部門的對比上，文藝的基本陣營，不可諱言是顯出了寂寞一點。反視敵國，則正動員大批無恥文氓，巨量濫製其所謂戰爭文學，盡其粉飾醜態，麻醉民眾的任務。我們感到文藝抗戰工作的重大，散處四方的文藝工作者有集中團結，共同參加民族解放偉業的必要。過去中國文藝界雖有過幾次全國性的組織，但是因種種原因不能一致，總不能有良好的成果，現在情勢已完全不同了。全國上下，已集中目的於抗敵救亡……抗戰形勢，日益堅強，政治上的統一戰線日益鞏固，除了甘心媚敵出賣民族的漢奸已無一不為親密的戰友，無一不為民族的力量，團結起來，像前線將士用他們的槍一樣，用我們的筆，來發動民眾，捍衛祖國，粉碎寇敵，爭取勝利，民族的命運，也將是文藝的命運，使我們的文藝戰士能發揮最大的力量，把中華民族文藝偉大的光芒，照徹於全世界，照徹於全人類。這任務乃在我們全中國從事文藝工作友人們的肩上。我們大聲呼號，希望大家來豎起這面中華全國文藝界抗敵協會的大旗！

這個中華全國文藝界抗敵協會，可說是包羅最廣泛的一個文藝組織。在漢口一段時期，性質非常純正，左右兩派也能合作無間，當時各地也紛紛成立分會，出版了一個刊物，叫做「抗敵文藝」，這個組織，一直是左翼在領導。

以文藝活動來說，內地印刷困難，紙張缺乏，所以出版上並不熱鬧，倒是戲劇方面，因當時沒有電影——尤其外國電影——競爭，觀眾較多；而原來電影演員也都加入話劇陣營。所以一時話劇頗為蓬勃。

當時上海曾有一個全國戲劇界救亡協會，這時與文藝界名稱並行，改為中華全國戲劇界抗敵協會，而且把新舊各種劇種，包括地方戲、大鼓、說書等等戲劇人員都團結在一起。他們也發表了一個宣言：

在首都失陷華中危迫的今日，集合於武漢的全國戲劇界同人，動於共同的要求，有中華全國戲劇界抗敵協會之組織；並在光明大戲院舉行成立大會。在這樣盛大的開始，敢舉數點，告我全國同志：第一，我們團結是為著抗戰。……第二，只有抗敵使我們團結。……第三，我們雖不是技術至上論者，但我們相信中國戲劇藝術必因和抗敵任務結合，能摒棄過去的積弊，開拓新的境地。……第四，中國已經不是一個自給自足的「天下」，也不是一個孤立現世界的荒島。他已經是文明世界重要的一環，他的運命不僅影響其他主要國家，尤其給世界上被壓迫民族，被侵略的國家以絕大的暗示。……我們不可忘記把我們的戲劇藝術作為國際宣傳的工具，因為獲得全世界的同情和援助而使敵人孤立，實為我們爭取勝利的一個重要條件。

戲劇工作者在上海形勢緊張時就編組了十二個救亡演劇隊，分發到前線、大後方和敵後去工作，連六歲到十六歲的孩子們也以孩子劇團和新安旅行團的名義，團結在新的演劇活動下面了。「據抗戰三周年的統計，連民間劇團計算在內，全國各戰場的新演劇隊伍，約有三萬以上的戲劇兵之多。」一九四二年田漢在關於抗戰戲劇改進的報告一文中說：「中國自有戲劇以來，沒有對國家民族起過這樣偉大的顯著的作用。抗戰以前，戲劇盡了推動抗戰的作用；抗戰開始以後，戲劇盡了支持抗戰鼓動抗戰的作用；抗戰到了現階段，戲劇又盡著正視今天現實，喚起大眾更堅定更勇敢爭取最後勝利來到的作用。」這些話也許有點誇張，但戲劇的活潑，在抗戰時間的熱鬧是無法否認的，自然，這些戲劇，都是服務於宣傳抗戰。

中華文藝界抗敵協會是一個廣泛的組織，它的存在也很久，只是在武漢淪陷以後，它也是名存實亡，因為作家星散，工作很難集中，活動也不多了。茅盾在以後回憶的報告中，說：

從抗日戰爭開始，到武漢陷落一年半的時間，一九三七年七月到一九三八年底，這算是第一個時期。當抗日戰爭初起，全國文藝工作者都非常興奮，立即組織了許多演劇隊抗宣隊到農村、部隊中去，寫出了許多短篇和小型的作品，如短篇小說、報告、活報、街頭劇、報告劇、牆頭詩、街頭詩等。儘管這些作品還存在嚴重的缺點，但沒有人能夠抹煞他們在抗戰初期所起的宣傳作用，特別是抗戰歌曲，響遍了窮鄉僻壤，起了很大的宣傳作用……

這些記述，都是抗戰初期的蓬勃現象。

但因為抗戰，文藝須盡「宣傳的責任」，文協的號召，當時所謂「文章下鄉」、「文章入伍」，所以所謂藝術的水準是談不到的。事實上，當整個民族在生死搏鬥之中，自無暇去追求藝術的完美，我們以前曾談到文藝大眾化問題，這時自然也重新提起，而且正可以作一個試驗，所以又起了通俗文藝的努力，那也就是利用舊的山歌、小曲、說書、雙簧、大鼓等形式，裝以有宣傳意義的內容，當時有許多作家在這方面嘗試，也獲得了一定的宣傳上的效果的。

我們可以從洪深的〈在抗戰十年來中國的戲劇運動與教育〉一文中，瞭解當時的戲劇完全是為抗戰盡宣傳的責任，所以我們要苛求它藝術的優異，這是不應該的。他說：

> 從鄉土性濃厚的山歌、小曲、金錢板、高臺曲等，到楚、漢、桂、湘、豫、陝、川、滇、粵等各類地方戲，到集地方戲大成的平劇——在抗戰開始後，都曾由愛國的從業人員，用來服務於抗戰，從事宣傳慰勞徵募（捐錢及寒衣鞋襪）等工作。他們宣傳抗戰的方法不拘一格，有的也曾適應當前的需要，編寫唱本新腳本，有的只是增添若干抗戰的唱詞與口白，或略為改動原來劇本的故事，使演出時更能讚揚愛國斥責奸邪，有的不暇求精，索性停鑼演說。

這可以知道，這時候文藝的確認真地在為抗戰服務。在這樣的情形下，作品的幼稚膚淺當然是難免的，其結果是詩的口號化與小說戲劇之公式化，也就是這些作品受到了「抗戰八股」之譏諷。胡風在〈民族革命戰爭與文藝〉一文裡說：

公式化是作家廉價地發洩感情或傳達政治任務的結果，這個新文藝運動裡面根深蒂固的障礙。戰爭以來，由於政治任務過於迫急，也由於作家自己過於興奮，不但延續，而且更加滋長了。寫將士的英勇，他的筆下就難看到過程的曲折和個性的矛盾，寫漢奸就大概使他得到差不多的報應，寫青年就準會來一套救亡理論……這不但因為對於形象地思維這個文藝的特質的認識不足或能力不夠，也由於一般地應具體地認識生活，在現實生活裡面把握政治任務的這個努力的不夠。

胡風的話，實際上也只是一種批評的「八股」。我覺得在這樣的抗戰時期，文藝家之參加宣傳慰勞甚至投筆從戎都是應該的事情，沒有理由要不放棄藝術的要求的。就在這個詩歌口號化，小說戲劇公式化的時期，有一些人提出了不同意見的口號。如梁實秋，他在中央日報副刊上寫了一段編者的話，裡面有一段：

現在抗戰高於一切，所以有人一下筆就忘不了抗戰。我的意見稍有不同。於抗戰有關的材料，我們最為歡迎，但是與抗戰無關的材料，只要真實流暢，也是好的。不必勉強把抗戰截搭上去，至於空洞的「抗戰八股」，那是對誰都沒有益處的。

這引起左翼文人很大的攻擊，認為他是在提倡「寫無關抗戰」的文章。有一位叫羅蓀的說：「在今日的中國，要使一個作家既忠實於真實，又要尋找『與抗戰無關的材料』，使我笨拙的想法實在不容易。」這種說法，不能說沒有道理，但是梁實秋並沒有提倡「寫無關抗戰」的文章，只是說空洞的抗戰八股「沒有益處」，如果有「無關抗戰材料」的文章，也不必把抗戰截搭上去而已。這個爭論，事實上還是因為梁實秋在《新月》時代起一直是左聯的敵人之故。其實，照「民族革命戰爭的大眾文學」號召解釋上講，「文學上的主張」不是應該任其異殊，而「國防」不是可以將不同立場的作家聯繫在一起嗎？

還有一位是沈從文，他反對作家從政，他以為宣傳工作是政治工作，擔任政治工作不是作家的本分。他這種說法，在當時實在是很幼稚的話，因為中國的抗戰是全民的抗戰，如果說宣傳抗戰是從軍，那麼你能說當兵不是作家的本分嗎？而宣傳也正是軍中的政治工作。所以這是很容易被左翼作家們所否定的。

另外還有一個朱光潛，他懷疑用文藝去作宣傳工具。他認為「存心要創造藝術，那是一種內在的自由美感活動：存心要教訓人，那是一種道德的或實在的目的，這兩件事，是否可合而為一呢？一箭雙雕是一件很經濟的事，一人騎兩馬則是件不可能的事。拿文藝做宣傳工具究竟屬於哪一種呢？從美學上看，創作和欣賞都是聚精會神的事，顧到教訓，就顧不到藝術，顧到藝術就顧不到教訓。從史實上大文藝家的作品儘管可以發生極深刻的教訓作用，可是他們自己在創造作品時大半並不存心要教訓人，存心要教訓人的作品大半沒有多大藝術價值。」因此他以為：「中國新文學如果有比較偉大的前途，就必須作家們多效忠於藝術。」朱光潛這種說法可說是書生迂腐之論，在整個民族動盪，軍民流血流汗為國家生死存亡之日，掉這種迂腐的書袋子當然是不合時宜的。說這種話，似乎他是一個整天躲在書房裡連報紙都不看的人一樣可笑與可憐。

在抗戰的那些年頭，我們要求藝術文學的精緻與偉大，我以為是不必的。其實當時的日用品、食物、衣著以及極普通工業產品不都是品質降低了嗎？

藝術的價值本來沒有絕對的標準。當時雖然沒有產生什麼偉大的作品，但是抗戰八股以外，也不是絕對沒有好的文章。許多前線與後方的報導，真是不知道有多少可歌可泣的記錄。這是一個無法否定的事實。而也由於抗戰進行越來越冷酷，後來，作品的風尚慢慢也起了很明瞭的蛻變。

這就是所謂客觀主義的作品。原來作家們像抗戰初期所有的熱情與樂觀的態度已經消失，瞭解抗戰的現實絕不是短時期可結束，在艱難的生活下，對戰爭作了靜觀與反省，因此產生了這類作品。這可以說是從熱情的浪漫的空洞的「抗戰八股」回過來的作品，用馮雪峰《論民主革命的文藝運動》裡的話來闡釋，也許很容易瞭解這類作品的本質的，他說：

觀察社會現象，分析人物性格，大抵都根據庸俗唯物論，但題意或作品中的思想則來自預定的政治概念，並非和現實生活及鬥爭而俱來的思想內容，卻算是關照著政治。這種作品不僅使人覺得彷彿只是材料的拼合，而那材料，也似乎不真實；因為，對於作者，不僅社會生活的表面現象是材料，即概念或思想也自然是材料。作者雖然也有為了人民的戰鬥，也有為了藝術創造的意志和熱情，但因為作者自己不能深入到客觀物件中去，使自己和人民一起戰鬥，一切都在現實生活和鬥爭的深處燃燒，鍛鍊和生長起來，所以自己和物件是隔離的，思想是抽象而無生氣的，題意是外在地機械地塞到形象裡去的，而形象大半還是為了題意或概念而製造出來的，都不是來自真實生活的概括，就是那些確實是觀察了社會生活而得來的現象，也終於被抽去了生活的根，或和那根接連不起來的。……這類辦法，自然是客觀主義的，而且正在發生客觀主義的作用，因為它將生活現象和現成概念都看成客觀的既成物，作者只是站在一旁加以組合，描寫或表現，也有作者的「客觀的結論」，然而不能給我們以批判、探求或負責地戰鬥的熱力……

這也就是說，所謂客觀主義的作品是拼湊材料根據預定的政治概念來編寫的，也即是沒有生命的概念化的作品。

這裡，所謂口號化正是幼稚的發洩的叫嚷，是原始的浪漫主義：而概念化的材料拼湊則是原始的現實主義。它們缺乏的是藝術生命。

現在回顧偉大的抗戰史實，覺得文藝界的確少幾部比較龐大有氣魄的作品。有人說，偉大的動盪的時代中，往往是產生不出大作品的，一定是在時代平靜了以後，作家們回憶或反芻當時的體念，才會產生作品。現在，抗戰結束已經三十年了。那時年輕的作家已入老年。我們自也看到一些有關於抗戰年代的小說戲劇與詩歌，但都不足以反映這空前的偉大的時代。

我們沒有權利要求作家們在戰爭進行時寫細緻的藝術品，我們也沒有權利要求作家們在戰爭進行中寫無關抗戰的作品。但我們有權利要求作家們在勝利後三十年產生幾部有關抗戰的作品，而我們也應該在許多所謂粗製濫造的有關抗戰的作品中選薦其較好者給年輕的讀者。

左聯傳統的作家與邊區的幹部作家

一、民族形式問題中的兩派

一九三八年十月毛澤東在中共擴大的六中全會上，作了中國共產黨在民族戰爭中的地位的報告（即《論新階段》）其中有關學習一段中，有這樣的話：

> 使馬克思主義在中國具體化，使之在其每一表現中帶著必須有的中國的特性，即是說，按照中國特點去應用它，成為全黨亟待瞭解並亟須解決的問題，洋八股必須廢止，空洞抽象的調頭必須少唱，教條主義必須休息，而代之以新鮮活潑的，為中國老百姓所喜聞樂見的中國作風和中國氣派。把國際主義內容和民族形式分離起來，是一點也不懂國際主義的人們的做法，我們則要把二者緊密地結合起來。

毛澤東的話，向來是含糊其詞，模稜兩可。這幾句話裡，所謂「洋八股」，所謂「空洞抽象的調頭」，所謂「教條主義」，可以說能夠有許多不同的解釋的。

在抗戰發展的時期中，文藝大眾化的要求既高，形式通俗化成為一種需要，因為內容既然都是愛國抗日，頌揚英勇，斥責奸佞，那麼只要形式通俗化就好像就可完成了大眾化的要求了。這時候，中共晉冀察邊區的文藝作品在國府治下也可以看到。在中共，這是實現了很久的文藝形式，而是由幹部作家創造修正而形成的。這些作品，在由上海、北平撤退到重慶、桂林的文化人眼中只覺得是一種宣傳品而已，談不到是文藝作品，正如魯迅所說：「文藝雖是宣傳，但宣傳不一定是文藝」。我們在兩個口號問題中已經說到過，左聯的大部分作家與所謂解放區的幹部作家是完全兩種類型。他們的教育背景，文化傳統是完全不同的。左聯的作家們都是由對於馬列主義的信仰而傾向中共，解放區的幹部作家們則是成了中共的幹部再認識共產主義。以教育而論，左聯的作家們，其文化修養最少也有大學程度，幹部作家可能沒有受過正式學校教育；以階級而論，前者可說百分之百是小資產階級，後者可能多數是工農階級。當許多左翼作家進到延安以後，這兩類文藝工作者，就起了許多矛盾。照說是如果是雙方謙虛學習，可能各有所得，可是事實上是彼此難免輕視。在領導方面，對兩者都感需要，如何配合運用，求取矛盾的統一，往往很難。這不但文藝工作如此，在醫務工作上，也是如此。在解放區很需要醫生，但正式有資格醫生去了，因為沒有儀器，缺少藥物，所以有時還是土醫郎中，靠耳目手指，用草藥舊方可以醫病。而二者也就有很大的矛盾。在工程方面也是如此，洋派工程師與土著工程人員也起了一樣的矛盾。也許在醫務與工程上比較容易把這矛盾統一起來，在文藝上就顯得很難，原因是文藝的標準與效果有時候並不能很清楚的可以發現。

就在毛澤東的報告中有學習的意見，不久，文藝界就有人提出了民族形式的問題。這就是引用了毛澤東所說的：「代之以新鮮活潑的為中國老百姓所喜聞樂見的中國作風和中國氣派」的話，而覺延安的文風應當作為領導，延安作家的作品應該高於所謂左聯的作家，也就是說，他們才是正宗的無產階級的文學。

第一篇文章是向林冰的〈論民族形式的中心源泉〉，後來又寫〈民間形式的運用與民族形式的創造〉，接著又寫〈再論民族形式的中心源泉〉。我們現在且引他幾段話來看看，他說：

> 新質發生於舊質的胎內，通過了舊質的自己否定過程而成為獨立的存在。因此民族形式的創造，便不能是中國文藝運動史的「外鑠」的範疇，而應該以先行存在的文藝形式的自己否定為地盤。
>
> 民間形式由於是大眾所習見常聞的自己作風與自己氣派，由於是切合文盲大眾

欣賞形態的口頭告白的文藝形式，所以便為大眾所喜聞樂見，而成為大眾生活系統中所不可缺少的精神食糧，這也是無可否認的事實。這樣，民間形式一方面是民族形式的對立物，另一方面又是民族形式的同一物，所以所謂民間形式，本質上乃是一個矛盾的統一體，因而它也就是賦有自己否定的本性的發展中的範疇，亦即在它的本性上具備著可能轉到民族形式的胚胎。

至於「五四」以來的新興文藝形式，由於是缺乏口頭告白性質的「畸形發展的都市的產物」是「大學教授、銀行經理、舞女、政客以及其他小布爾的適切的形式」，所以在創造民族形式的起點上，只應置於副次的地位，即以大眾現階段的欣賞力為基準，而分別的採入於民間形式中，以豐富民間形式自身。

這就引起了很大的爭論，反對者揭起「保衛五四革命文藝傳統」的口號。首先激烈反對的是葛一虹，他寫過〈民族遺產與人類遺產〉、〈民族形式的中心源泉是所謂「民間形式」嗎？〉〈魯迅論大眾文藝〉諸文，他在〈民族遺產與人類遺產中〉說：

我們並不否認我們的民族遺產中間多少有助於我們完成民族形式的東西，但是卻不是「主導契機」或「中心源泉」。我們的「主導契機」或「中心源泉」還是在於我們的科學的世界觀和我們的現實主義的創作方法。那麼在封建制度底下所成長起來的舊形式或民間形式中間，那般創造家會把握了怎樣深度的科學世界觀和怎麼高度的現實主義的創作方法來組識題材，並把這些題材來表現呢？

在〈民族形式的中心源泉是所謂「民間形式」嗎？〉文中，他說：

無疑，舊形式必將歸於死亡，但它現在卻為大眾所熟悉的一種形式。這種形式，「習見常聞」，可是並不新鮮活潑。當我們已經有了比較進步與完整的新形式的時侯，它仍然能擁有大量的觀眾和讀者，這自然不是一件光榮可誇的事情。它的「不是大眾生的偶然道伴」，一方面反映著新中國未誕生以前混亂現象，同時，又一方面正說明著人民大眾文化水準的低落。

對於「五四」以來艱苦鬥爭的新文藝作者這樣的看法，實在是一種含有侮辱的偏見。新文藝在普遍性上不及舊形式，是不容諱言的。其原因，固然新文藝工作者不能全部卸下他的責任，但主要還在於精神勞動與體力勞動長期分家以致造成一般人民大眾知識程度低下的緣故。而舊形式之所以仍能激引觀眾和讀者的原因也在此，所以，目前我們迫切的課題是怎樣提高大眾的文化水準，而不是怎麼放棄了已經獲得比舊形式「進步與完整」的新形式。降低水準從「大眾欣賞形態」的地方利用舊形式開始來做什麼，而是繼續了「五四」以來新文藝艱苦鬥爭的道路，更堅決地站在已經獲得的勞績上，來完成表現我們新思想新情感的新形式——民族形式。而這形式才是真正的新鮮活潑為老百姓喜見樂聞的中國作風與中國氣派。

這兩方面的爭論，有許多人參加，各方面思想態度很有參差，在一九三九到一九四〇年兩年中，出現了許多文章，還在重慶等地區開過座談會，展開討論。我們這裡自然也只能採摘較有新意見的幾位說法。胡風當然是站在「保衛五四革命文藝傳統」這一面的，他說：

……我們說，「民族形式」本質上是「五四」的現實主義的傳統在新的情勢下面主動地爭取發展的道路，那意義就在這裡。一切脫離內容去追求形式的理論，在這裡都要受到批判。所以從藝術創造底活的內的過程上說，「民間形式」的「中心源泉」論或「舊瓶新酒」主義本質上是反抗現實主義的，因為，它違反了「內容決定形式」的原則，把藝術的構造看成外部的機械結構，使它變成毫無有機的內容的東西，使形式（體裁）轉化成為實體。

形式與內容問題，以前在文藝大眾化問題上已經談到過。這裡重新提及，正見這個問題之不容易解決。舊形式的所謂「運用」，當然是必須裝了新內容，事實上這是已經試過的事，在歌唱、說書、大鼓等形式裝以新內容並不是難事，如果把這種簡單宣傳性的內容也認為是藝術。葛一虹所談的要提「大眾文化水準」去欣賞文藝，而不是放棄已經獲得的比舊形式「進步與完整」的新形式，則更是很早就有人提出過。提高大眾文化水準應該是「教育普及」等問題，而不該是文藝上的問題，弄到文藝上來，這就成了「提高與普及」的問題，這就要等毛澤東的在〈在延安文藝座談會上的講話〉來決定了。

這兩種意見，討論很久，但沒有結論，不過有幾個調和兩方面的說法，也許可以算是這問題不解決中之解決。郭沫若說：

> 問題本來是簡單的，而且也不限於文藝，但一落到文藝上來，並立刻複雜化了。「喜聞樂見」被解釋為「習聞常見」，於是中國的文藝便須得由通俗文藝再出發，民間形式便成為民族形式的中心源泉，這個見解我認為是不正確的。如以「中國老百姓所習聞常見」為標準，那麼一切形式都應該回復到鴉片戰爭以前。小腳應該恢復，豚尾巾也應該恢復，連鴉片煙和吸煙的各種形式都早已成為中國老百姓

所「習聞常見」，而且是不折不扣的中國所獨有的「民族形式」，也有其合理的存在，那中國豈不糟糕！

中國新文藝的積弊要想袪除，專靠幾個空洞的口號是不濟事的，主要的是要那些病源的袪除。要怎麼袪除病源呢？是要作家投入大眾的當中，親歷大眾的生活，學習大眾的要求，表揚大眾的使命。作家生活能夠辦到這樣，作品必能發揮反映現實機能，形式便自然能夠大眾化。

郭沫若是很會寫文章的人，前一段他是同情「保衛五四革命文藝傳統」的話，後一段則正是同情「民間形式」倡議者的意見。因為在延安的文藝幹部他們是儘先有與大眾接近的經驗。潘梓年在座談會上發言，他提到提高與普及的問題說：

我以為廣與深是可以統一的，不但統一於運動裡面，而且可以統一於一個作品裡面，質量高的作品讀者必廣，藝術性與社會性不能分開，「曲高和寡」雖有，但藝術性高，社會性必為其條件；民族形式與舊形式單單用舊形式不但藝術性受限制，許多內容不能表現，而舊形式也會妨礙「廣」的，如地方戲不能推廣等。

一九四九年七月，那時全國已經解放，北京開全國文化大會，茅盾作了十年來國統區革命文藝運動的報告，他說：

在抗日戰爭一開始後，文藝大眾化雖成為一股關心的問題，但當時人們所關心的多半只限於文藝形式問題，好像抗日的內容既已確定，則作家的立場觀點態度等都已毫無問題了。「歐化」的文藝形式受到了懷疑，但文藝家如何建立真正的群眾觀點問題卻沒有被重視，其結果就產生了一九四〇年的「民族形式」的爭論。表現在這爭論中的各種思想，有的把大眾化問題簡單化到只是「民間舊形式」的運用（所謂舊瓶裝新酒），以至於完全抹煞了「五四」以來的一切新文藝的形式，也有的在保衛「文藝新形式」的名義下堅守著小資產階級文藝的小天地——其所保衛的是「形式」，實際上是深恐藏在這種形式下的內容受到損害。

這一次論爭使人看出了原封不動地「利用」民間舊形式的思想與照舊地保存歐化的文藝新形式的思想，這兩方面都有偏頗之處，以後在文藝創作上展開了比較多樣性的發展，這是這次論爭的積極成果。……

茅盾的報告是一九四九年的事情，也只是官式的報告而已。其實，早在一九四二年，在延安的整風運動中，毛澤東很巧妙的統一了兩派的矛盾。我們可以瞭解的，是在抗戰開始以後，革命的文藝青年奔到延安的為數甚多。那些受過一些都市教育，承繼魯迅所領導的上海左聯的文學精神的年輕文藝人士，對於生長在邊區，在文工團做宣傳工作的幹部作家與軍隊作家是看不起的。而這些幹部作家軍隊作家對落後地區工農兵宣傳的作品，往往是淺薄幼稚，這是無可諱言的，而在形式上為大眾化的要求，要採取小調、民歌等的民間形式。

當時提出民間形式為民族形式的泉源的口號，意思也就是要使承繼五四精神的左聯文學傳統壓抑到在附屬的地位。

這兩派爭論在全國展開以後，毛澤東發動了整風運動，他把文藝與工農兵結合在一起，很清楚的，他打擊了上海左聯魯迅所提倡的文學精神，認為他們都具有小資產的意識形態，而需要經過徹底的改造。但是他一面頌揚了魯迅，使承繼魯迅文藝精神的人士無從反駁。

他架空了魯迅，清除了追隨魯迅精神的作家，正如現在大陸架空了毛澤東，清除了當初追隨毛澤東的四人幫一樣。我們現在正不妨看看毛澤東當時的議論與手法。

二、〈在延安文藝座談會上的講話〉

一九四二年二月，中共在延安有一次整風運動，口號是「反對主觀主義以整頓學風，反對宗派主義以整頓黨風，反對黨八股以整頓文風。」其實這三種這裡所謂學風、黨風與文風是無法分開的東西。後來於二月八日又在延安幹部會議上毛澤東又演講「反對黨八股」，四月三日號召全黨同志學習毛澤東的報告和所謂「整風文件」，全黨展開了整風運動。於是黨內掀起了對小資產階級立場的一次重大批判。於是在五月裡從五月二日到五月二十三日，延安文藝界開了文藝座談會，毛澤東第一天出席講話，最後一天又作了結論。

這個〈在延安文藝座談會上的講話〉後來就成為經典的著作，成為整個中國文藝政策的方針。他說：「延安文藝界還嚴重地存在著作風不正的東西，同志中間還有很多唯心論，教條主義，空想，空談，輕視實踐，脫離群眾等等的缺點，需要一個切實的嚴肅的整風運動。」

在這篇講話裡，毛澤東雖然很讚揚魯迅，但是對於魯迅一派的「保衛五四的革命文學精神」的承繼五四以來歐化文藝則是否定的。魯迅的小說，所以被認為「表現的深切和格式的特別」，他自認是因為他受了歐洲大陸文學的影響。以後，中國新文學發展，都是順著這條路而來。即是魯迅所編的刊物，叢書沒有一種不是帶領大家去這一條路的。老實說，這條路，正是違反了「民間形式」的道路，也就是脫離了老百姓「喜聞樂見」的路，而也正是延安的文藝幹部所沒有走過的路。

但是，抗日戰爭爆發以後，左翼作家左傾的文藝青年到延安的多起來，大多數都集中在魯迅藝術學院。他們到了那裡以後，把魯迅藝術學院弄成了「好高騖遠」。在整風後，總結討論魯藝的學風，是犯了主觀主義、教條主義的錯誤，周揚在檢討中說：

> 魯藝的教育和實際脫節的現像是很嚴重的，這現象並不是個別的，偶然的，而是貫串於從教育方針到每一具體實施的全部教育的過程中，這是根本方針上的錯誤。「關門提高」四字出色地概括了方針錯誤的全部內容。

當時的魯藝可以說就有兩種同志，一種是在抗戰後陸續進來的左翼作家，一種是在農作部隊裡實際工作的一些文藝幹部同志，前者是屬於主張「提高」的，後者是經驗於「普及」的。據周揚在〈藝術教育的改造問題〉（對魯藝教育的一個檢討與自我批評）說：

> ……對於提高與普及的二元論看法，就在認為兩者的分工可以絕對的。做提高工

作的人，只管向古典名作和大師去埋頭學習，埋頭提高，普及工作，他固然可以不做，就是指導普及的工作在他也是一種外加的負擔，一種責任；而做普及工作的人呢，他如果要想提高，就只有向我們這些專做提高的人來學習。他們原也帶一點東西來學習的，他們在做普及工作中積了不少經驗，也碰到過不少釘子，這些經驗，他們自己又往往沒有時間能力來整理。他們到這裡來請教，但是一看，哎喲不得了，這裡是史坦尼體系，那裡是托爾斯泰，柴霍夫，真是堂皇得很，自己顯得十分寒酸，再也不敢開口，而我們也的確是看不起他們，並沒有主動的去探問他們情形，幫助他們來研究他們的一些經驗，解決他們所曾遇到過的一些問題。於是一方面提高工作對於普及工作在實際指導上顯出自己漠不關心與無力，而另一方面普及工作對於提高工作也成了在藝術意義上絲毫不足輕重，可有可無了。……

所以在毛澤東的在延安文藝座談會上講話以後，他們那一批小資產階級的作家都作了自我檢討，申請下鄉、下廠、下部隊去。而許多人也就此被打擊、清算。最大的，連在重慶、桂林國民黨治下的地區都聽到一些的，就是王實味事件。

王實味在民間形式為民族形式中心源泉的問題上，他可說是徹底站在葛一虹、胡風一面的，而他在整風運動已經開始時，寫了〈野百合花〉。毛澤東於二月一日號召以「反對主觀主義以整頓學風，反對宗派主義以整頓黨風，反對黨八股以整頓文風」，王實味也許正是為響應他的號召而寫了〈野百合花〉，或者說他是想把他所見的供給毛同志參考的。而結果，在延安文藝座談會以後，王實味就以托派的罪名而被清算，牽連的人也不少。同情他的人不是沒有，但這時候也不敢說話。如蕭軍，顯然是站在魯迅領導的傳統方面的，對他也僅作同情的聲援而已。

而〈在延安文藝座談會上的講話〉中，毛澤東說：「……在這裡，普及是人民的普及，提高也是人民的提高，而這種提高，不是從空中提高，不是關門提高，而是在普及基礎上的提高，這種提高，為普及所決定，同時也給普及以指導。」這也就是瞿秋白在〈大眾文藝的問題〉的話：「革命的大眾文藝，必須開始利用舊形式的優點——群眾讀慣的、看慣的那種，小說詩歌戲劇——逐漸加入新的成份，養成群眾新的習慣，同著群眾一塊兒去提高藝術的程度。」這話，在當時的「現階段」——作者已經在魯迅的傳統的階段中的階段——那自然只好是先去「普及」了。

而這，也就是要作家去接近群眾，向群眾學習，才能寫出群眾所需要的文藝，「……而他們由於長時期的封建階級和資產階級的統治，不識字，無文化，所以他們迫切要求一個普遍的啟蒙運動，迫切的要求得到他們所急需的和容易接受的文化知識和文藝作品，去提高他們的戰鬥熱情和勝利信心，加強他們的團結，便於他們同心同德地去和敵人作鬥爭。」

毛澤東在這裡很清楚的要作家怎麼樣的去做啟蒙工作，去擔任宣傳工作。他也否定了魯迅式的雜文，說：「魯迅處在黑暗勢力統治下面，沒有言論自由，所以用冷潮熱諷的雜文形式作戰，魯迅完全是正確的。我們也需要尖銳地嘲笑法西斯主義，中國反動派和一切危害人民的事物。但在給革命文藝家以充分民主自由，僅僅不給反革命份子以民主自由的陝甘寧邊區和敵後的各抗日根據地，雜文的形式就不應該簡單地和魯迅一樣。我們可以大聲疾呼，而不要隱晦曲折，使人民大眾不易看懂。」

在毛澤東講話以後，延安文藝界起了很大的風波，整風運動整了很多作家。王實味就是其中之「樣板」。

這自然很令國民黨治下的左翼作家有點寒心。

整風運動大概鬧了近一年，到一九四三年三月，作家才開始紛紛「要求」下鄉了。以前作家們下鄉是「作客」的姿態，或是「訪問」或「搜集資料」的身分，這以後的下鄉，是認真地走向工農兵，與工農兵結合，要求思想上、情感上和群眾打成一片。他們在群眾中獲得了改造自己。

一九四四年十月十九日解放日報又發表了毛澤東的那篇〈在延安文藝座談會上的講話〉，接著於十一月七日中宣佈有關於執行黨的文藝政策的決定，有下面這樣的指示：

小資產階級出身並在地主資產階級教養下成長的文藝工作者，在其去向與人民群眾結合的過程中，發生各種程度的脫離群眾妨害群眾鬥爭的偏向是有歷史的必然性的，這些偏向，不經過深刻的檢討反省與長期的實際鬥爭，不可能徹底克服，也是有歷史的必然性的。……無論在前方後方，也無論已否參加實際工作，都應該找到適當和充分的時間，召集一定的會議，討論毛澤東同志的指示，聯繫各地區各個人的實際，展開嚴格的批評與自我批評。

凡是瞭解一點中共的人，一定知道所謂「展開嚴格的批評與自我批評」是什麼意義。這很自然的，引起魯迅領導的傳統下的左聯作家們所不滿的，而以後，對於作家改造的方法也由下鄉而進於勞動改造了。

三、主觀論的出現

認為知識分子都是小資產階級，由小資產階級變成無產階級，則需要脫胎換骨的改造，這可說是摧殘知識分子的一種手段。而事實上世界上偉大的革命性的作家並沒有經過什麼改造，即使毛澤東所頌揚的魯迅，也沒有在工農兵中改造過。那麼他們所憑的是什麼呢？

就在延安把許多作家清算勞改之後，在重慶的左翼文壇中出現了主觀論。主觀論的作者是舒蕪，完成於一九四四年二月二十八日，發表在魯迅的追隨者胡風所編的《希望》第一期，文長四萬餘言。胡風的按語說：「〈論主觀〉是再提出來的一個問題，一個使中華民族求新生的鬥爭受到影響的問題」，因此他要求讀者認真閱讀，而且「無情地參加討論」，這裡所說的再提出了的問題，也正是指一九四二年延安的整風時期而提出的。

舒蕪的〈論主觀〉一文，其論點：

（一）所謂主觀，是一種物質的作用，而只為人類所具有。它的性質是能動而非被動的，是變革而非保守的，是創造而非因循的，是役物而非役於物的，是為了同類生存而非為了滅亡的，簡言之，即是一種能動的用變革創造的方式來利用萬物以連到保衛生存與發展生存的目的之作用，這就是我對於「主觀」這一範疇的說明。

（二）人類帶著本來的自然生命力而結合為社會，自然生命力一碰到社會的結合，就和社會因素有機的化合起來，變質而成為主觀，於是人類所發出來一切作用就都是內部含有著社會因素的主觀作用。

（三）人類的鬥爭歷史始終以發揚主觀作用為武器，並以實現主觀作用為目的的。詳言之，人類並不是用自然生命力或社會勢力來鬥爭，而是用真正主觀作用來鬥爭，也並不是為了社會本身或自然生命而鬥爭，而是為了那比自然生命本質上更高並且中間就有機統一了社會因素之主觀作用之真正充分實現而鬥爭的。

（四）無論為了什麼目的而作的鬥爭，其鬥爭本身總都表現為了主觀作用的發揮。我們之所以努力——這努力，本身也就是一種主觀作用——去認識客觀界的法則，亦不是為了聽憑客觀事物自己去發展時而在旁邊看得清楚一點，更不是為了認識出前途的重重困難來梗塞自己主觀作用的發揮。我們認識出有利於自己的法則，固然要利用它；即認識出不利乃至有害於自己的法則，也還要克服它。……總之，不論是「克服」是「利用」，只有「被克服」「被利用」的對象才是客觀事物，而「去克服」「去利用」的主體終都是主觀作用，這道理是很明顯。

（五）主觀作用，是為要使人類從這種直接仰賴（自然）的狀態脫離開來，反而把自然簡單的原體變為更複雜的新東西，也就是把人類所需要而自然中本沒有的創造出來。必須如此，才可以脫離自然的束縛，反而不斷的戰勝自然，以爭取無限的生存機會，真正實現了大宇宙的本性——生生不已的天心。而當這生命力在全新的基礎上被使用之時，亦即人類屹然出現於大宇宙之日。人類——便是大宇宙的進化力之表現。

舒蕪所說的這個主觀的力量，既然是人所具有的特質，也是創造歷史的決定因素，所以在文藝上提出了「主觀精神」、「戰鬥要求」、「人格力量」這三因素，作為革命文藝的創作條件。因此一個作家並不需要到群眾去學習或工農群中去生活去改造，只要有這主觀的力量，就可成為無產階級的作家了。這個態度與立場，自然很容易被正統派認為反毛澤東教條——即是反動的思想，提出反對意見的有喬木、邵荃麟、林默涵等等。這問題是在重慶提出的，要是在延安，自然是決不會准許出現的，當時重慶就開過多次座談會來討論這問題，抗戰勝利後，在成都重慶等地仍舊繼續討論。一九四八年在香港出版的一本《大眾文藝叢刊》還展開討論過。我這裡無法，也不想把這幾年的爭論都介紹給這裡的讀者，我且舉一個代表意見在這裡，其實也是可以知道他們的爭論點之所在了。

作家的主觀，固然是個重要的問題，但不能僅從主觀觀念本身去解決，馬列主義者是思想與實踐統一論者，因此作家的主觀問題必須在客觀社會實踐中才得到改造與提高，而小資產的作家要從他們自己的階級走向另一階級，這是脫胎換骨的事，決非單純的憑藉其原來階級感性機能所能。

革命的小資產階級作家，大概是帶著一種對現實不滿，對舊社會反抗而走向對革命的要求……對於這樣的要求毫無疑問，我們不僅應該肯定它，而且應該引導他們到革命中來，思想啟蒙運動即是根據這要求而提出。但是第一，我們並不因此就把這種革命的要求，即誤認為無產階級的戰鬥立場，或與人民共命運的實踐立場。我們應該指出，這還是站在小資產階級立場對於革命的要求。在引導走向革命中，是應該肯定它，而在參加到工農大眾的革命實踐過程中，又要反過來否定它小資產階級的內容，這才能使它變質而成為真正無產階級的立場，也即是真正和人民共命運的實踐立場。這即是從一個階級到另一階級的辯證發展，也即是向更高階段的發展。第二，我們也不要以為這種小資產階級對革命的實踐要求，就是與人民結合的決定因素，小資產階級對革命的追求或對於工農大眾的同情，往往是出於個人主義的立場，因此真正和工農大眾結合之間還存在著相當距離，如果沒有積極的領導和在實踐中積極改造，則仍然可能停留在空想的追求上，而最終於碰壁而回。

上面引的是邵荃麟的話。下面是喬木的話：

「批評家所探尋的不僅是『寫了什麼』而且是『怎麼地寫了』尤其是『在怎麼樣的精神要求裡面寫了』的問題；因為，一切事物都和真理相通，問題只在於是不是說出了那相通的路徑，只在於是不是寫了說出那相通的路徑。——胡風《逆流集》」

事實上，不是這麼方便的。不管一個小資產階級作家在他的個人生活範圍內的主觀態度自以為如何正確，對現實人生搏鬥的意志自以為如何堅強，假如他不真正的走到工農群眾及其鬥爭中去，他是不能和人民結合的；在這種情況下，他就不可能真正表現出人民鬥爭的真實，而他自以為正確的人民立場（主觀）必然是抽象的，不能解決問題的。說一切事物都和真理相通；問題只在於說出了那相通的途徑，和是不是為了說出那相通路徑而寫——其用意無非是說，一個作家只要有人民的立場，不管寫什麼都能表現出人民鬥爭的真實，其實小資產階級作家自以為正確的立場並不那麼正確，而其所謂「精神要求」有時根本和人民無關，而且難能相信，任何平凡事情都能表現人民鬥爭的真實？

後來，在一九四五年，馮雪峯〈論民主革命的文藝運動〉中曾論述：

在反教條主義和客觀主義的聲中，還有所謂主觀力或熱情的要求，以及所謂「精神的突擊」或「自然力的追求」等問題……這些情形，主要的應看作對於革命的接近和追求，而反映到文藝和文藝運動的要求上來是非常好的，也正為我們文藝所希望的。自然，單是熱情，單是「向精神突擊」，在我們還是萬萬不夠的，還不能成為真正戰鬥的文藝。並且那裡面也自然會夾雜非常不純潔的東西，例如個人主義的殘餘及其他小資產階級的東西……

總之，我們的立場是深入現實的矛盾鬥爭，站於人民的一面而取得的，主觀也是這樣取得的，要不被現實所淹死，卻須深入現實去取得這樣的主觀。然而不依靠別的什麼主觀，所謂「作家和人民的關係決定於作家的主觀」的一句話，就應該的確地說：「決定於作家是否認識這關係，是否在現實鬥爭與人民一致。」

馮雪峯的說法，比較含糊，他也許是想調解兩方面的意見，但仍可看出，他是以為「主觀論」者不離開現實是可以成立的。

這問題雖然經過多次論爭以及座談會的討論，一直沒有解決，後來在一九四九年的文化界代表大會上，茅盾在報告中說：

問題的實質是：文藝作家當然不能採取「純客觀」的態度對待生活，但文藝創作上之所以形成種種偏向究竟是因為我們的作家們態度太客觀了呢，還是作家大多地站在小資產階級的主觀立場上面？如果事實上正是小資產階級的觀點思想與情調成為障礙我們作家去和人民大眾的思想情緒打成一片的根本因素，那麼問題的解決就不應該是向作家要求「更多」的主觀。這不是主觀的強或弱的問題，更不是什麼主觀熱情的衰退或奮發的問題，什麼人格力量的偉大或渺小的問題，而是作家的立場問題，是作家怎樣徹底放棄小資產階級等的主觀立場，而在思想與生活上真正與人民大眾相結合的問題。

在國民黨反動派統治下能否向作家提出立場問題來呢？無疑問，是可以而且必要的。在那樣的環境下，進步的作家在理論與實踐相聯繫的精神下，學習關於中國社會與中國革命問題的理論而確定自己的創作方向是可能的，並且一定程度內與人民大眾的現實鬥爭相結合，向人民學習，使人民的生活與鬥爭成為自己的創作的泉源也是可能的。然而有人以為革命理論的學習是足以使作家「說謊」，以為發揚的「主觀」才會有藝術的真實表現。他們以為既然是革命的作家，天然就有革命的立場，如果本來沒有革命的立場，怎樣努力去學習和改造都是空的。他們以為，作家過著怎樣的生活就可以怎樣的「鬥爭」，這樣的說法在國民黨統治下作家的自由完全被剝奪時，本來不是完全沒有理由，但他們因此就抹煞了作家去和人民大眾的現實鬥爭相結合的必要。他們一方面強調了封建統治所造成的人民身上的缺點，以為和人民身上的缺點鬥爭是作家的基本任務，另一方面又無條件地崇拜個人主義的自發性的鬥爭，以為這種鬥爭就是健康的原始生命力的表現，他們不把集體主義的自覺的鬥爭，而把這所謂原始的生命力，看做是歷史的原動力，他們想依靠抽象的生命力與個人自發性的突擊來反抗現實，所以這在實際上正是遊離於群眾生活以外的小資產階級的幻想……

上面所引的那些論爭，已經可以清楚地瞭解，他們所爭論的中心只有一點：那是胡風、舒蕪一派認為一個作家，可以憑他主觀的精神力量就可以成為無產階級的作家；另一派則以為這種主觀力量充其量還是小資產階級的一種革命意識，還不是真正無產階級的力量，要成無產階級，則必脫胎換骨。怎麼能脫胎換骨呢？那是在群眾中生活、學習、改造。前者所認為可以為先例的就是魯迅，他並沒有在群眾生活，也沒有經過改造，但是誰都承認，連毛澤東也承認，他是個真正的無產階級作家。

所以，在茅盾的結論中，認為在國民黨統治下，進步作家在理論與實踐相聯繫的精神下，學習關於中國社會與中國革命問題而確定自己的創作方向是可能的。意思也就是說，那時候沒有與「人民大眾的現實鬥爭相結合」的自由，而現在呢？就必須有「脫胎換骨」的改造了。這個問題，在胡風被清算時，舒蕪承認錯誤，他說：

……我之所以寫出「論主觀」那樣一些謬誤的文章，實在是因為，當時好些年來，厭倦了馬克思列寧主義，覺得自己所要求的資產階級的個人主義「個性解放」，碰到馬克思列寧主義的唯物論觀點和階級分析方法，簡直被壓得抬不起頭來。怎麼辦呢？找來找去，找到一句「主觀對於客觀的反作用」。這一下好了，有「理論根據」了。於是把這個「主觀」，當作我的「個性解放」的代號，大做其文章，並且儘量摭拾馬克思列寧主義的名詞術語，裝飾到我的資產階級的唯心論思想上去。那些文章，就曾經欺騙了當時國民黨統治區內一部分小資產階級知識青年，投合並助長了他們的資產階級和小資產階級思想，幫助他們找到用「馬列主義」的外衣來掩飾自己的非工人階級立場的方法。

這一次以後，三十年代左聯時代，追隨魯迅傳統的作家一個一個都遭到清算——除了一、二個以後與周揚及幹部作家們另外建立了關係的人士。

四、邊區幹部作家的作品

一九四二年「延安文藝座談會上的講話」以後，中共的文藝政策算是確定了。它肯定魯迅，可是否定了魯迅所領導的「五四以來的革命文藝傳統」。它要求文藝必須從大眾的水準上再作提高的努力，這在當時的解放區就推行了這種「普及」與「提高」政策，誠如周揚所說：「文藝座談會以後，在解放區，文藝的面貌，文藝工作者的面貌，有了根本的改變。」

那麼當時解放區文藝是什麼樣一個面貌呢？我且引周揚的〈在全國文學藝術工作者代表大會上關於解放區文藝運動的報告〉裡面些話來看看：

解放區文藝工作者為與廣大工農兵群眾相結合，曾作了極大的努力。在火線上、在農村、工廠中，都有他們的足跡。他們積極地參加了戰爭，參加了土地改革、生產運動。他們經過了不少的磨鍊。在此特別值得表揚的是，許多部隊文藝工作者直接參加戰鬥，與戰士們完全打成一片，在火線上進行了戰壕鼓動演唱，有的就在戰場上流了最後一滴血，他們值得我們崇高的尊敬和永久的紀念。

解放區文藝工作者學習了馬列主義、毛澤東思想，參加了各種群眾鬥爭和實際工作，並從鬥爭和工作中開始熟習了、體驗了中國共產黨、中國人民解放軍與人民政府的各項政策，這就是解放區文藝所以獲得健康成長的最根本的原因。所以，很自然地，我們的作品充滿了火熱的戰鬥的氣氛。我們已經有了若干反映抗日戰爭、人民解放戰爭與人民軍隊，反映農村各種鬥爭，反映勞動生產的比較成功的作品。中國人民解放軍（抗戰時期的八路軍、新四軍）所進行的戰爭，是中國歷史上前所未有的真正人民的戰爭，它取得了人民的全力支援和他們在各方面鬥爭的配合。這個戰爭的群眾性質，在我們的許多作品中反映出來。馬烽、西戎的《呂梁英雄傳》、趙樹理的《李家莊變遷》、袁靜、孔厥的《新兒女英雄傳》、邵子南的《地雷陣》（以上小說）、胡丹沸的《把眼光放遠點》（話劇）、馬健翎的《血淚仇》、《窮人恨》（新秦腔）、柯仲平的《無敵民兵》（歌劇）、晉冀豫文工團的《王克勤班》（歌劇）、戰鬥劇社的《女英雄劉胡蘭》（歌劇）、洪林的《一支運糧隊》（小說），記錄了農民在反對日本侵略者，反對國民黨反動派的武裝鬥爭以及其他各種形式的鬥爭中的英雄事蹟。劉白羽的《無敵三勇士》、《政治委員》、華山的《英雄的十月》、李文波的《襖袖上的血》、韓希梁的《飛兵在沂蒙山上》（以上小說、報告），戰鬥劇社《九股山的英雄》（話劇），直接反映了人民解放

周揚報告中所提到的作品，都不難讀到，我們馬上可以發生兩個問題。

第一，這裡所提的作品有多少可以稱為文學？魯迅說過：「文學是宣傳，但宣傳不一定是文學。」這裡，「文學」是有一個標準的。但如果說「所有宣傳都是文學」，那麼，也不能說是不通，不過這「文學」另有一個標準。這正是中共之所謂「大學」一樣，有革命經驗的工農兵開入大學，兩年後就畢業，這個「大學」的概念同一般「大學」的概念可說是完全不同的。

我們對於文學作品，覺得至少有「普遍性」與「永久性」是可以衡量的。一個好的文學作品傳流幾百年是常有的事，而這裡所稱讚的作品，有幾篇，我們現在讀起來，還會覺得是有意味的呢？

第二，周揚所誇的「語言做到了相當大眾化的程度」，特別舉出趙樹理所用的「語言」，認為它是了不得的成功，在我們看來覺得它也只是普通的白話而已。因為所寫的題材是農村，像工業社會所常有的詞彙不需要用，所以看起來比較泥土氣而已。但這裡並沒有什麼其他的特色。這只要把周揚這篇「報告」看看，他之不可能「做到相當大眾化」的緣故，正是許多「詞彙」不是「農村」裡習見常聞的。如「正確途徑」「複雜微妙」「與工農民眾相結合」「矯揉造作的痕跡」「不少的創造」……等等，幾乎都是「五四傳統」承繼下來的詞彙。我提到這一點，也正想說明，五四以來的白話文，所以不能再是中國舊小說裡的白話文，也就是因為我們生活上已經有過去所沒有許多詞彙。如果中國農村生活改變，物質生活進步，趙樹理所用詞彙擴充，自然也就不會是這樣的「語言」了。

自然，我們也可以承認，像丁玲的《太陽照在桑乾河上》，立波的《暴風驟雨》，趙樹理的《李有才板話》是有它一定的文藝價值的。但我們再細想一下，如果給他們──這些有才華的作家們──更大的自由，他們不是會有更大的收穫嗎？以丁玲來說，這幾十年來，只有這一本《太陽照在桑乾河上》，對於她，可以說是一種不能想像的事情。

我們再看看解放區的戲劇活動，在配合當時的政治宣傳與革命，也許是再好沒有，但作為「藝術」，我們也還是要保留的。

我現引趙品三的〈關於中共革命根據地話劇工作的回憶〉所提及的一段劇作來看看：

當時演出的幾個主要劇本〈我──紅軍〉，是多幕話劇，描寫一個便衣紅軍戰士，隱蔽在白區農民同志家裡，進行響應紅軍的活動，集體創作。〈海上十月〉，是描寫蘇聯十月革命時，海軍起義的情形，集體創作。〈松鼠〉（原名〈紅色間諜〉因此名不妥改為〈松鼠〉）三幕劇，一個紅軍戰士，機警幽默，當過列寧室的主任，奉命打入圍剿的白軍中，被匪官信任，被提為三班班長，後響應紅軍襲擊，帶領全班起義過來。

〈活菩薩〉，描寫地主土豪、殘餘分子，在根據地內利用迷信，製造謠言，作反革命活動，被一革命小青年（滿臉麻子，綽號「三號花機關」）所揭破，陰謀終於破獲。上兩劇是胡底寫的。

〈北寧路上的退兵〉，寫東北軍撤退關內，士兵起來反對國民黨的「投降主義」，起義返回去抗日。

〈朱德在美國〉，寫中國革命聲譽，傳到美國，受到美國人民的敬仰，連紅軍總司令朱德同志的照片，都珍貴一時，不知怎樣偶然得到一張，就嚴密的傳看開了。

〈非人生活〉，寫國民黨白軍內，虐待士兵的情況，這個劇本是鄭貽周寫的。

〈瀋陽號炮〉，寫東北人民，在瀋陽起義，響應抗日義勇軍。

〈武裝起來〉，寫遊擊隊在白區發展，一個上年紀的老農民，見他的女兒是遊擊隊員，他也要武裝起來。這個劇本是沙可夫寫的。

〈富農婆〉，寫富農剝削農民的殘酷，雖然地方上已解放多年，她還繼續陰謀活動，來破壞革命。

〈為誰犧牲〉，寫原來是革命根據地內的一個青年農民，老早就被國民黨白軍抓去當兵，家中撇下年輕老婆和孩子，走了七八年，腿在戰爭中打成殘廢，被官長趕出後，又回到工農民主政權下的老家。老婆是縣婦委會的主任，兒子是少先隊長，相見之下，自己成了殘廢，政府還給他留下田地，被感動得流下淚來，認識到過去自己究竟為誰犧牲。

〈人肉販子〉，是描寫白區社會在國民黨的殘酷統治下，弄得男盜女娼，無奇不有，竟產生了許多販賣人口的殘酷勾當。

〈階級〉，寫舊的階級社會，一層壓迫一層的不平等現象。

集體創作和個人寫作的劇本還有一些，記不清了，胡底、沙可夫、李伯釗寫的多一些，特別是胡底同志。他的劇本的特點是曲折幽默。這些劇本都油印成本子，分發到全區全軍去了。

這些戲劇，大陸上也早已不再上演。如果這些戲劇是革命的、藝術的，那麼正可以在廣大的中國演出，又何需再由江青挖空心思去演樣板戲？你如果說這些內容是過時了，是反地主、反國民黨時代的內容，所以不為人民所歡迎，那為什麼那些《三國演義》、《水滸傳》裡的故事，以及像〈金玉奴捧打薄情郎〉、〈梁山伯與祝英台〉之類的戲，仍為人民大眾所欣賞呢？所以我們覺得這正是說明藝術與政治並不是統一的。

現在如果重新讀當時所謂解放區的作品，我們覺得可讀的還是一些報導文學，雖然我們也不可能純粹用欣賞文學的眼光來讀它。

外來文風與本位文學

自從一九一七年到現在已經六十年。在這新文化運動以來長長的歷史中，我們可以清楚地看到，這裡面永遠有兩種力量在衝激。一是西化的，一是本位的。在《新青年》時代，代表西化的是《新青年》的領導人物，代表本位論者是舊文學及文言文的保衛者。第二個時期，革命文學──無產階級文學──是代表西化的，民族主義文學則是代表本位的。第三個時期，保衛五四傳統的，也即承繼魯迅領導的文學精神是西化派，以民間形式為泉源的幹部作家的文學是本位的。自然，這裡西化派的內容前後不同，本位派的內容也因時而異。

我們回顧中國過去的歷史，影響中國社會的外來文化，最大的就是佛教思想。為翻譯佛學的經典，也的確影響了我們的文體的變演──揚棄了駢文的形式而回歸於散文。經過長長的激盪，最後是融會在道家與儒家思想中而開啟了宋明的理學；而佛教的迷信部分則流衍於廣大的民間。中國文學，在佛教的宣揚中，由變文而產生了話本小說，由唱經而寶卷而影響了民間流行的歌曲與戲劇。所謂外來的文化竟與鄉土的有意想不到的結合。

中共革命的學說當然是外來的。所謂革命文學，無產階級的文學原是外來的東西；但到冀晉察的邊區，這一類西化的革命文學無法與落後地區的農工兵接銜，所以必須採取了民間形式，所謂採用舊瓶裝新酒的方法來迎合人民大眾的趣味。這也就是回過頭來與要保衛五四傳統的左聯的文學精神起了無法融和的衝突。當時所有的所謂無產階級革命的理想，簡化到鬥爭地主與農民翻身的主題，這也就是當時世界上有許多人相信中共不是什麼共產主義者，而是土地改革論者了。

中共統一中國本土以後，文學自然無法永遠保留革命時的面貌，然而「大眾化」始終是他們的要求。詩歌的民歌化就是最好的例證。同時它從政治的理想早已淪為政令的傳達，作家除了採取現實的材料安裝在預定的格局中，實在也很難有所創造了。現在所謂「四人幫」已經打倒，全國在推行現代化，究竟文藝頭上的「五把刀子」，是否慢慢的會解除，則無從推測。當「五把刀子」解除以後，文藝上的西化論是否會抬頭，我們也無從推揣。

我們現在要看看文學在臺灣的發展。

臺灣於一九四五年光復以後，偕同國民黨退去的，多數是屬於國民黨一些作家。他們的作品，自然是關於中國大陸的回憶與宣揚反共的意識，他們一方面承繼了大陸文壇的傳統，一方面又否定大陸的當時左傾作家的傾向——這裡所謂左傾作家，竟也包括了非共的現實主義的作家。因為這些作家，儘管是非共，但也暴露國民黨治下的黑暗，如政府的貪污，農民的苦難，社會的不公等等。這些作家，使臺灣讀者有一方面感到新鮮，但另一方面是感到陌生的。這原因是大部分的讀者對於大陸及共產黨可以說從來沒有接觸過。

後來韓戰爆發，美援物資源源地輸入臺灣，美軍及美援在經濟上、社會上以及文化上起了龐大的作用。上至政府下至民眾，都以美國為最高的理想。一種殖民地意識在青年中生長起來。政治上凡是可以同美國打交道的人，就可以多有升官的機會；在商業上，可以同美國勾結的人，也可以成為成功的商人；在文化上，凡是曾經與美國或現在可以與美國勾搭的學者，就可以占據更高的地位。那些已在美國佔有地位的學人，更成為政府的嬌客。於是全島的大學生都覺得唯一的出路是去美國鍍金。能留在美國的固然為上國之人，即使待了幾年獲得一個學位而回到臺灣的，也不失為與眾不同的人。

而這時候，所謂推動文化工作的美國新聞處，竟在臺灣文化界起了很大的影響。他有權選拔文學青年到美國觀摩或留學，也有權為中國學生申請美國大學獎學金；他也有權用經濟力量去資助津貼或者用購買的方法來支援臺灣出版的刊物。所以美新處的一個普通職員就成為臺灣文學的恩人。其實他既不懂中文，也不懂文學，但當有人把某反共作品譯成英文，在他一聲稱讚以後，馬上就引起整個文壇的附和。而不但如此，一些在美國教中文，賣中國膏藥的學人，因為他們從來不曾好好讀過中國大陸的文學作品，也就順口接屁的以此為捧挾起來，這就成為批評界的權威。而那些受美新處提拔的中國青年，到美國幾年以後，回到臺灣，他們標榜出一種盲從西洋的文風。他們模仿西洋的技巧，歪曲中文的特性，甚至是抄襲西洋文學的內容，號稱是「橫的移植，不作縱的承繼。」

這種文學正是反映臺灣社會之殖民地的形態，與五四時代的接受西方文化的情形是有其相同之處，也有其不同之處。相同之處是二者都崇拜西方；不同之處，是前者是大量的介紹各國的西洋的哲學思想文化學術，後者則只是介紹西洋的文風——而特別是美國的文風。五四以後，在中國作文化工作的有英、美、德、法、日的留學生，可是在臺灣則只有美國留學生，而少數的日本留學生也是因日本當時仍在美國的羽翼下，在文藝思想上，也只是美國的附屬品而已。

這種可憐的西化，使我們的文學完全蒼白可憐，偶爾有一些可讀的作品，也只是章節間的纖小有趣、巧妙好玩之品，毫無汪洋的結實的氣勢。

而且，這種纖小巧妙有趣之處，也只是浮在社會上極小部分的文學青年所能欣賞，因為它與社會生活完全是接銜不上去的東西。

在這裡，我們比之於五四傳統作家的作品到了延安的反應，也不無相同之處。那些左聯傳統作家的作品，是洋化了的大都市大學生及一部分中學生所能接受的文學，到了落後的晉冀察中共的統治區就無法同人民發生了接銜的關係。這也就是為什麼毛澤東要排斥那些動不動說史坦尼斯拉夫、高爾基、契可夫的左聯的傳統的那些作家了。

自然，除延安的狹小的落後的統治區以外，全中國有近百個大專的學生，近萬個中學的學生及它們歷屆已畢業學生，正是有資格欣賞五四傳統的文學的讀者。而現在臺灣的橫的移植的作品，則並無其他的龐大的群眾做它的讀者。我們只要看看臺灣的詩人圈子就可以明瞭。儘管有不少寫現代詩的詩人在許多刊物上提倡，而已進入政界、商界、企業界、一些知識分子他們還是在欣賞中國舊詩，而事實上寫舊詩的詩人幾乎是八倍於寫新詩的人。

我們研究文學的人，有什麼理由要把這些寫舊詩的詩人與詩作排斥在文學史之外。而無論怎麼說，舊詩這個形式也竟還是詩的一種形式。

而現在，臺灣忽然響起了鄉土文學的呼聲。「鄉土文學」這個名詞，實在沒有一定的用法。

記得以前，魯迅談到許欽文的小說，說到許欽文在北京寫浙江的生活背景，是鄉土文學，而在北京方面講起來則是僑居文學。

現在鄉土文學的提倡者說，鄉土文學可理解為「鄉村文學」，也有人說鄉土文學就是現實主義文學，是「頑強地、固執地堅守在他們生長的泥土上，以他們生活鄉土為背景、真實地反映了他們所熟知的社會與生活現實。」又說：「因此所謂的鄉土文學，事實上是相對於那些盲目模仿和抄襲西洋文學，脫離臺灣的社會現實，而又把文學標舉得高高在上的『西化文學』而言。」

這樣一說，鄉土文學實際上可說是本位的寫實主義。當外國化的作家浮在臺北上層社會，他們的「鄉土文學」已是大陸的回憶，用魯迅的話來說，是成了僑居文學。那麼新生的，根植於臺灣的農村與漁村的作品自然是正宗的「鄉土文學」。不過，用我們中國人的眼光來看，這些文學，在臺灣雖是到一九七六年以後才產生的，同我們一九三七年三八年流行於大陸的農村小說實在是一個典型的作品。

當時，那些一時蜂起的農村小說作家，因為來自不同地區的中國，所以寫出許多不同色彩的農村，他們的主題多是農村破產的陰影下農民艱苦的生活。由這個題材的延伸，是農民的反抗，走向革命的道路；是農民到都市去求生，因都市勞動力過剩而失業；是農民無路可走而做了土匪，而去投軍閥麾下去當兵，於是寫到土匪以及軍隊的生活……，諸如此類的。以後又有東北的作家內流，寫東北農村生活，以及在日本人征服高壓下的東北農村以至於愛國農民的投入抗日的遊擊隊等。這些農村小說，對作者來講，自然也正是臺灣現在所標榜的鄉土文學。

這些文學作品，可愛的是反映了中國廣大農村不同的面貌，其缺點則在所有這些作品都是一個主題，那就是農村破產，農民一無出路，暗示著唯一的出路就是「革命」。其中當然有描寫地主的殘忍，國民黨官僚的作威作福，與地主黑社會勾結，壓迫農民與剝削農民，以及進步分子的革命意識之誘導農民等等。

這些作品，雖說是鄉土文學，但仍是屬於左聯傳統的現實主義文學。一因為其寫作技巧是左聯的傳統，二因為所謂現實主義是舊現實主義，是暴露黑暗為主的現實主義。

在中共邊區政府治下，這類作品是無法容納的。他們在打倒了地主富農以後，他們政權所剝削的農民都是自願為革命犧牲的具有無產階級意識的英雄。反抗或抱怨的農民則是被地主富農利用或被收買的反革命分子。因此在中共治下的農村小說——自然也是鄉土文學——則是土改運動中的鬥爭，是貧農對抗地主與富農，而在共產黨領導下取得絕對的勝利。

臺灣的鄉土文學，會發展成一種什麼樣的傾向的文學，無從預料，但要從現在的本土生活中尋找文學精神上講，則是一種無可厚非的立論。但是提到西化的文人們批評臺灣歌仔戲之落伍、幼稚，流行歌曲之淺薄浮華，認為這些正是社會大眾生活的精神的糧食，這又很像民間形式論者之認為小調、秧歌、大鼓為人民大眾之日常生活之糧食一樣，是關聯到所謂「普及」與「提高」的問題了。

文藝的本位論，當然比文化的本位論更容易得人的同情。但從本位縮小到狹窄的題材，日子久了就只剩了僵硬的寫實而已。它必須與人文的理想，世界的思潮接銜，才能發出永久的光輝。但談到人文的理想，世界的思潮，這要如何的要求我們的作家在思想與學問上有更深的修養呢？遠在一九七〇年，我為田原先生的小說《斜陽古道》寫了一篇序，裡面有這樣的話：

> 近些年來，臺灣出現了不少小說家，作品蓬勃，盛極一時。但如果從其取材與背景來看，大致不出三種。
>
> 一種是在回憶中寫大陸的事變與人物；一種是以臺灣為背景，寫當地的生活事件與人物；另一種則是寫從臺灣出來，到香港，東南亞，最多的是美國，生活上變化的種種。
>
> 這三類的作品，好像也就是作者年齡的分野，第一類的作者都是在大陸生活過，他們有的經歷過抗戰，有的經歷過勝利，有的經歷過撤退。第二類的作者則年紀較輕，他們很小就到臺灣或在臺灣生長的，他們沒有大陸生活可以回憶，他們只能從臺灣生活中體驗人生。第三類的作者則是從臺灣出來後，或到香港，或到他處，但最多的是到美國，他們寫在美國的中國人社會，或勾搭臺灣、美國兩個據

點，寫出人事的變遷與糾紛。

在繁多的作品中，這三種的小說，自然都有好的與壞的。不過一般說來，第三種的作品，內容似乎是日趨貧乏。原因大概還是移民到外國的作家並不能深入外國的社會，而又與本國生活脫節之故。這也不是中國人為然，俄國革命後到法國及西歐的作家，也都沒有什麼好的作品。第二種的作品，因為作家們在臺灣的建設發展社會中生活，前途當然是非常廣闊，但是作品的內容與課題以及形式，慢慢的也就會演變為另一種獨立的姿態。至於第一種的作品，根植於大陸的回憶，對過去的一個時代，無論是留戀、惋惜、憤恨、悔悼、因為作者的老衰，慢慢的自然越來越少了。

在那時，我就看到只有在臺灣的社會生活中發展出來的文學將成為廣闊的主流。而鄉土文學的呼聲，也就在拙作發表的六、七年後發出龐大的呼聲了。

很多人是反對兩個中國的，但是兩個中國存在已經三十多年了。從臺灣文學的發展看，與大陸完全是不同的。主要的當然是「自由」的程度。三十年大陸的文學，不但是為政治服務，而且是為政令服務；臺灣則是作家直接的自由地反映了他生活的感受，可是前者的作家是被迫的與現實生活有某種聯繫，即如傳達政令來說，他還是要與人民的生活相接銜的，而臺灣的西化作家，則完全是浮在社會上層的泡沫。大陸的作家是官封的，作品的優劣也是官定的。臺灣的作家，則是幫定的，多年來都是一群留美的文學人士的互相吹捧，其肉麻當然會令軍中作家與鄉土文學作家感到齒冷。因此這也很容易產生了完全不同的標準。

其實在中國六十年的文學運動中，一直都有黨派的文壇上，始終是黨同伐異的。有的為政治立場的不同，有的為文藝思想的異殊，有的因刊物的對壘，有的由人事的分野。在西化與本位之間，有英、美的，有日本的，有法國的，有俄國的。還有因學校的背景，報社的淵源都可以成立相輕視與敵對的陣營。

因此，文學批評成為現代中國最難的課題。

我們不難說，以小說來論，文筆的優美，結構的緊湊，人物的生動，表現的活潑……可以作為一個尺度。但這只是對一篇小說而言，如果以一個作家全部作品來說，他每篇的人物都是這幾個，表現的形式也都是這一個趣味，結構也都是這樣格局，那麼他的成就實在是很有限的。

我們也可以看到一篇很成熟的作品，但如果你知道它產生的時代，你會發現他的題材實在是一種濫調。譬如在革命文學初興的時代，戀愛革命矛盾的交織是一個流行的題材。我們不得不說，第一、二個人用這個題材的是一種創作，而幾十、幾百篇的追隨者只是模仿而已；又譬如寫農村破產的小說，少說也數以千計，我們自然可以選出好的與較差的，但是忘忽了最初寫這個題材的作者，則終是一種罪過。

除了題材的新鮮以外，我們還要看一個作者題材的多樣。如果一個作家永遠是寫一種題材，如篇篇都是寫革命與戀愛的矛盾，或都是寫母愛與性愛的衝突，那麼他的成就實在不會太大。

我們自然，還要注意一個作家作品的主題。主題的豐富同人物的豐富一樣，是作家最難創造的一面。如果每一部作品都是寫窮人造反，或者每一篇作品都是反抗買賣婚姻，那就是篇篇都寫得很完整，其成就還是有限的。

在文學上，不難找到永遠的題材，如新舊的衝突，生與死的變幻，愛與恨的交替，保守與進步的摩擦……要評衡這些作品，是必須讀過以前中西作家所處理過的同樣題材的作品，才可以看出它所表現的是否新鮮與深刻。

最後，我們還要看一個作家在作品的品種上的表現。有許多作家只寫小說，有許多作家寫小說，兼寫戲劇與詩歌，有許多作家他以小說成名，但往往他的散文才是他最好的作品。

在這裡，我之所以提到這些問題，是因為在我這些專論現代文學的課題中，不得不缺這一章「對六十年來作品與作家的評衡」。原因是，我對於現代中國作家，無論是我認識的或不認識的，我都沒有讀過他的全部的作品。雖然許多作家的重要作品我都讀過，但有的是很早就讀的，現在也早已忘了。如果我要評衡他的成就，我還需要撿出重讀才行。

近些年來，看到自以為的文藝批評家的吹捧某一個作家與某一部作品時，我總是找出來看看，往往發現不是題材早已是濫調的東西，就是內容實在沒有什麼新的創意；或者我會發現這個作家所寫的人物只是兩三個典型，在幾部作品中搬進搬出都是這幾個人。我因此覺得這些所謂批評家只是隨便讀到一本書，就信口胡說而已。記得法國的文學批評家泰納（H. Taine 1828—1893）曾經說過要研究一種藝術作品，第一，先要追溯到它與這個作家的其他作品必然的關聯。第二，要把他的作品與他同時代、同地域的作家的作品比較，考察其中存在必然的關聯。第三，還要把這些作家放在他們所處的相同背景的社會中，去考察他們間必然的關聯。這些原則，我覺得正是文學批評者所應該遵守的最低限度。譬如，在現代中國文學中，當革命文學初興的時代，風行寫戀愛與革命糾纏的小說，內容不外是戀愛與革命的矛盾，如男主角愛一個女的，男的因為忙於革命工作女的無法追隨，結果男的放棄戀愛而前去革命。又如女的前進革命，男的則非常落後，常疑心女的對他愛情不專，後來忽然發現女的在做革命工作，也覺悟到革命工作的偉大，於是改變自己的生活，投入革命，與女的一起前進。又如一個女的有兩男友，一個是自私的用功的學生，一個是地下革命人物，女的先愛後者，後來因為後者忙於革命工作，她就同前者相好起來，後來因為在一次學生運動中，發現後者慷慨激昂，為大家說話，而前者則是怕鬧是非，膽怯自愛，女的就又轉變又傾心後者。諸如此類大同小異的糾葛，以後你也寫，他也寫，就變成陳腔濫調。如果偶爾拿一本來看看，往往會覺得它很好，可以把它說成了不得傑作，殊不知：第一、這位作者用這相倣的題材早已寫了好多部，第二、與他同時代的作者早已有人比他先用了相倣的題材了，第三、這些作家正都是在所謂革命文學的號召中大家最易落筆的題材。

因此，我想，如果不瞭解整個文學潮流的演變與當時的風尚，是沒有資格作文學批評的工作的，而沒有好好細細的讀這個時代大部分的作品，是也不容易作公正而詳盡的批評工作的。這也是使我更不敢在這裡寫一章對現代中國作家作一個概括的評衡了。如果以後真有機會可以讓我細細的讀這一個時代的作品，我也許會再有勇氣來補寫這一章的。

徐訏文集・評論卷02　PG1597

釀 現代中國文學的課題

作　　者　徐　訏
責任編輯　洪仕翰
圖文排版　周妤靜
封面設計　王嵩賀

出版策劃　釀出版
製作發行　秀威資訊科技股份有限公司
114 台北市內湖區瑞光路76巷65號1樓
電話：+886-2-2796-3638　傳真：+886-2-2796-1377
服務信箱：service@showwe.com.tw
http://www.showwe.com.tw
郵政劃撥　19563868　戶名：秀威資訊科技股份有限公司
展售門市　國家書店【松江門市】
104 台北市中山區松江路209號1樓
電話：+886-2-2518-0207　傳真：+886-2-2518-0778
網路訂購　秀威網路書店：http://www.bodbooks.com.tw
國家網路書店：http://www.govbooks.com.tw
法律顧問　毛國樑　律師
總 經 銷　聯合發行股份有限公司
231新北市新店區寶橋路235巷6弄6號4F
電話：+886-2-2917-8022　傳真：+886-2-2915-6275

出版日期　2016年7月　BOD一版
定　　價　240元

Printed in Taiwan

國家圖書館出版品預行編目

現代中國文學的課題 / 徐訏著. -- 一版. -- 臺北
市 : 釀出版, 2016.07
面； 公分. -- (徐訏文集. 評論卷 ; 2)
BOD版
ISBN 978-986-445-111-1(平裝)

1. 中國當代文學 2. 言論集

820.7 105006812

讀者回函卡

感謝您購買本書，為提升服務品質，請填妥以下資料，將讀者回函卡直接寄回或傳真本公司，收到您的寶貴意見後，我們會收藏記錄及檢討，謝謝！如您需要了解本公司最新出版書目、購書優惠或企劃活動，歡迎您上網查詢或下載相關資料：http:// www.showwe.com.tw

您購買的書名：________________________________

出生日期：_________年_________月_________日

學歷：□高中（含）以下　□大專　□研究所（含）以上

職業：□製造業　□金融業　□資訊業　□軍警　□傳播業　□自由業

□服務業　□公務員　□教職　□學生　□家管　□其它_____

購書地點：□網路書店　□實體書店　□書展　□郵購　□贈閱　□其他

您從何得知本書的消息？

□網路書店　□實體書店　□網路搜尋　□電子報　□書訊　□雜誌

□傳播媒體　□親友推薦　□網站推薦　□部落格　□其他__________

您對本書的評價：（請填代號　1.非常滿意　2.滿意　3.尚可　4.再改進）

封面設計____　版面編排____　內容____　文／譯筆____　價格____

讀完書後您覺得：

□很有收穫　□有收穫　□收穫不多　□沒收穫

對我們的建議：________________________________

____

____

____

請貼
郵票

11466
台北市內湖區瑞光路 76 巷 65 號 1 樓
秀威資訊科技股份有限公司 收
BOD 數位出版事業部

（請沿線對折寄回，謝謝！）

姓　名：________________ 年齡：________ 性別：□女　□男

郵遞區號：□□□□□

地　址：________________________________

聯絡電話：(日) ________________ (夜) ________________

E-mail：________________________________